Das Tagebuch der alten Dame

Marion Marksmeisje

Frühjahr 1976: eine junge Frau verbringt zwei unvergessliche Wochen mit einem Paar auf dessen Landgut in Holland. Folgen Sie, liebe Leserin, lieber Leser, der jungen Sylvia anhand ihres liebevoll aufbereiteten Tagebuches auf eine Reise zurück in die wunderbare Zeit der freien Liebe.

Das Tagebuch der alten Dame

Marion Marksmeisje

Bibliographische Information der deutschen Nationalbibliothek:

Die deutsche Nationalbibliothek verzeichnet diese Publikation in der

Deutschen Nationalbibliografie; detaillierte bibliografische Daten sind

im Internet über http://dnb.dnbde abrufbar.

© 2017 Marion Marksmeisje

Herstellung und Verlag:

BoD – Books on Demand, Norderstedt

ISBN: 978-3-7448-5576-1

Inhalt

Prolog

Die Ereignisse, von denen dieses Buch handelt, liegen schon eine Weile zurück. So lange, dass die Erinnerungen, die die alte Dame noch daran hat, langsam der Verklärung Platz machen. Sie hat mir daher vor einiger Zeit einen Schatz anvertraut: Ihre Tagebücher aus der Zeit, in der sie in Holland lebte, auf dem großen Landgut Annikas und Marks, auf dem auch ich aufgewachsen bin. „Du sollst wissen, wer ich bin" – mit diesen Worten überreichte sie mir zu meinem vierzigsten Geburtstag einen Karton mit ungeordneten hand- und maschinschriftlichen Aufzeichnungen.

Wie ein Puzzle habe ich aus den losen Blättern jene Frühlingstage, vermutlich des Jahres 1976, rekonstruiert. Und wie in ein Puzzle fügen sich damit die letzten Steine in die leeren Stellen meines Wissens über jene Zeit in Holland. Ich habe die undatierten, in Ich-Form beschriebenen Blätter nach bestem Wissen und Gewissen in eine chronologische Reihenfolge gebracht und behutsam zu einer Geschichte gefügt. Wenn Sie, liebe Leserin, werter Leser, die Wortwahl stört: Wer bin ich, sie zu korrigieren? Sie ist Teil dessen, was mir die alte Dame anvertraute.

Von wem der Teil stammt, den ich der Geschichte als Epilog angehängt habe, weiß ich nicht. Er ist jedenfalls in einer anderen Handschrift verfasst und muss wohl aus den späten 90er Jahren des vorigen Jahrhunderts stammen. Eines der beiden Mädchen bin jedenfalls ich, Ihre

Marion Marksmeisje

August 2017

Verführung

Ich schreckte aus meinen Gedanken auf, als sich die beiden rechts und links von mir niedersetzten. Ein auffallend hübsches Paar, sie waren mir schon vor dem Abendessen in der Sauna des luxuriösen Schi-Hotels im Tiroler Zillertal aufgefallen, in dem ich meine Winterferien verbringen durfte. Er ein schlanker dunkelhaariger Typ, groß gewachsen und kein überflüssiges Gramm Fett an seinem Körper. Sie eine zierliche Blondine, die als Fotomodell hätte durchgehen können.

„Trinkst du noch einen mit uns", fragte ihre warme melodische Stimme, und ich blickte in ein paar wache blaugraue Augen, die mir zulächelten. „Ich bin Annika", fügte sie hinzu und streckte mir ihre Hand entgegen – „und das ist Mark, mein Mann." Ich drehte mich zu ihm hinüber, er lächelte und nickte mir freundlich zu. „Sylvia", sagte ich ein wenig zu hastig und ergriff ihre Hand. Sie hielt die meine fest und drückte sie, warm und herzlich.

In das daraufhin auftretende Schweigen trat zum Glück der Kellner, und Mark orderte drei Caipirinhas. Es dauerte nicht lange, und die Drinks wurden serviert. Mark hob das Glas und prostete uns beiden Damen zu, wir lächelten und tranken langsam.

„Ich hoffe, du verzeihst uns diesen Überfall", sagte sie plötzlich, und ihre Stimme hatte etwas unheimlich Beruhigendes, Selbstverständliches. „Aber wir haben dich vorhin in der Sauna gesehen, und wir wollten dich unbedingt kennen lernen." „Um, ja, ihr seid mir auch aufgefallen", sagte ich leicht errötend und blickte erst zu ihr, dann zu ihm. „Er sieht verdammt gut aus", dachte ich bei mir, als ich ihn ganz unverhohlen musterte.

„Er verdient ein Mädchen wie sie." Nicht, dass ich mich verstecken musste, mein schlanker sportlicher Körper konnte sich schon sehen lassen, doch diese Frau war etwas Besonderes. Meine Hand fuhr ganz unwillkürlich durch mein offenes brünettes Haar, ich lehnte mich ein klein wenig zurück, brachte meine kleinen festen Brüste besser zur Geltung, die sich durch das enge Top deutlich abzeichneten.

„Und wo kommt ihr beide her?", fragte ich weiter. Sie erzählten bereitwillig, dass sie aus dem Norden Hollands stammten und dort gemeinsam eine kleine Werbeagentur hatten. Er war 30, sie 27, sie passten damit gut zu meinen damals 26 Lenzen. So gab ein Wort das andere, die Zeit verging im Flug, und so waren wir mitten im angenehmen Plaudern, als die Bar schloss. Von den Drinks schon ein wenig unsicher stand ich auf, griff nach meinem Zimmerschlüssel und setzte an mich zu verabschieden, doch da sagte sie mit diesem gewissen Unterton: „Möchtest du nicht noch mit uns mitkommen? Wir haben noch zu trinken bei uns." Bevor ich noch recht überlegen konnte, hakte sie sich bei mir unter, und so folgte ich ihnen zum Lift. Ich staunte nicht schlecht, als wir in der letzten Etage ausstiegen, in der es anscheinend nur Suiten gab. Über den weichen Teppich folgte ich ihnen zur Tür ihres Apartments, und als ich eintrat, war ich überwältigt. Die mondbeschienenen schneebedeckten Berge schienen im Zimmer zu stehen, eine riesige Glasfront, die sich an einer Seite des Zimmers von Wand zu Wand erstreckte, erzeugte diese Illusion. Darüber der Sternenhimmel der wolkenlosen Nacht, die indirekte Beleuchtung des Raumes so dunkel, dass sie ihn nicht überstrahlte.

Es war beeindruckend: In der Mitte der Suite auf einem Podest ein riesiges rundes Bett, von allen Seiten zugänglich, aus Lautsprechern drang gedämpfte Musik. In einer Ecke eine weiße Ledergarnitur, ein flauschig weicher Teppich. Annika streifte ihre Pumps von den Füßen, ich tat es ihr gleich, barfuß versanken wir im hohen Flor des Teppichs. Mark geleitete mich zum Ledersofa, bot mir Platz an und setzte sich neben mich, während Annika kurz verschwand. Als sie zurückkehrte, trug sie nur mehr ein hauchdünnes Nachthemd aus dunkler Seide, bodenlang, aber fast transparent, das darunter ihren makellosen Körper mehr als nur ahnen ließ. Ihr Haar, das sie zu einem Knoten aufgesteckt gehabt hatte, fiel nun weich über ihre Schultern. Auf einem Arm trug sie ein weiteres dünnes Stück Stoff. „Möchtest du es dir nicht auch bequemer machen?", lächelte sie mich an. Ich errötete, als sie mir die Robe in die Hand drückte. „Komm, sei nicht schüchtern", ermunterte sie mich in ihrer entwaffnend offenen Art. „Wenn du möchtest, kannst du dich im Bad umziehen." Unsicher nickte ich und machte mich auf den Weg. Die seltsam prickelnde Atmosphäre machte meinen Kopf leicht, es schien mir plötzlich ganz selbstverständlich, meine Kleider abzulegen, die dünne seidene Robe über meinen Kopf zu ziehen und an meinem Körper herunter gleiten zu lassen. Ich betrachtete mich im Ganzkörperspiegel des Badezimmers, drehte mich ein paar Mal herum, fuhr noch ein paar Mal mit den Fingern durch mein Haar. „Nein, so schlecht siehst du nicht aus", dachte ich bei mir, drückte die Klinke herunter und trat wieder ins Wohnzimmer ein.

Mark hatte sich auch umgezogen, er trug eine weiße Kimonojacke und weiße Leinenhosen. Die Jacke war über die Brust offen und nur locker mit einem Gürtel zusammengehalten. Er kniete auf der Bank, saß auf seinen Fersen. Annika saß auf der entgegengesetzten Seite, ebenfalls auf untergeschlagenen Beinen, in der Mitte zwischen ihnen war gerade Platz für mich. Ich lächelte irritiert, doch beide blickten mich so offen an, dass ich mich schließlich zwischen sie setzte und entspannt zurücklehnte.

Eine Weile geschah nichts, dann fühlte ich ganz sachte eine Hand auf meiner Schulter. Es war ihre Hand, ich drehte mich zu ihr, blickte in ihr hübsches Gesicht, ihre strahlenden Augen. „Sylvia", sagte sie ganz leise und behutsam. Ich sah sie mit großen verwirrten Augen an, ahnte, was jetzt kommen würde. „Wir möchten heute Nacht unsere Liebe mit dir teilen." Plötzlich war mein Mund sehr trocken. Ruhig ruhte ihr Blick auf meinem, sie hielt meinen fragenden Augen ohne die geringste Spur der Unsicherheit stand. Ganz sachte bewegte sich ihre Hand auf meiner Schulter. „Natürlich nur wenn du es möchtest", setzte sie hinzu, nicht das leiseste Zittern in dieser warmen, melodiösen Stimme. Meine Sprachlosigkeit dauerte an, unsicher drehte ich mich zu ihm um. Sie hatten einander über meinen Schoß hinweg die Hand gereicht, in seinen Augen lag das gleiche warme Strahlen wie ihn ihren. Ruhig blickte er mich an, war sich seiner Wirkung auf mich wohl sehr bewusst. Schließlich, nach einer langen Weile, berührte seine Hand meine Wange, streichelte sacht darüber, schob mir das Haar ein wenig aus dem Gesicht.

Gefühle begannen mich zu beherrschen, tief schlummernde Sehnsüchte erwachten, mein Körper reagierte deutlich. Die Bedenken waren plötzlich weit weg, da waren nur noch diese beiden schönen Menschen und diese Sehnsucht, diese Gier in mir. Ich nickte langsam, öffnete den Mund, brachte nur ein gehauchtes „ja, ich würde mich freuen" über die Lippen. Wortlos, synchron rückten die beiden näher, die Verbindung ihrer Hände löste sich, beide berührten mich sanft an meinen Oberschenkeln. Von beiden Seiten näherten sich Lippen, küssten meine Wangen, meinen Hals, meine Ohren, während die Hände meinen Körper sachte liebkosten.

Ich schloss die Augen, genoss die Berührungen. Ich lebte zu dieser Zeit alleine, es war schon einige Zeit her, dass ich die Freuden körperlicher Liebe genossen hatte, und mein Körper reagierte entsprechend rasch und heftig. Ich fühlte, wie die Spitzen meiner Nippel gegen die weiche Seide rieben, das vertraute Ziehen, die Feuchtigkeit und Hitze meines Schoßes. Ich hielt still, als ihre Hände fordernder wurden, mich an empfindlicheren Stellen berührten, in perfektem Gleichklang. Die Hände und Lippen schienen überall gleichzeitig zu sein, kaum unterscheidbar seine und ihre Berührungen. Marc war ein ungewöhnlich zärtlicher und einfühlsamer Mann, Annika eine Frau, die genau wusste, wie ihresgleichen fühlte. Fast unmerklich erfolgte der Austausch zwischen den beiden, es mussten Blicke und gelegentliche Berührungen sein, mit denen die beiden sich im perfektem Zusammenspiel hielten; ich fragte, mich, wie lange die beiden wohl schon ein Paar waren, ein flüchtiger Gedanke, der von den Empfindungen weggespült wurde, ohne nach einer Antwort zu suchen.

Ich erwachte aus meinem Tagtraum, als Annika in ihren Berührungen innehielt. Mark musste und schon eine Weile zuvor verlassen haben, ich sah ihn auf dem Bett liegen, seinen haarlos glatten Körper auf einen Ellenbogen gestützt. Seine Hand hatte er ganz offen an seinem steifen Lingam liegen, er masturbierte langsam, während er uns beiden Frauen beim Liebesspiel zusah. Annika schien davon nicht die geringste Notiz zu nehmen. Die Situation war gänzlich verrückt und gänzlich normal zugleich, die Atmosphäre war von Erotik geschwängert und doch zugleich von einer entwaffnenden, fast kindlichen Unschuld und Reinheit. Mein Verstand setzte bei dem Gedanken vollkommen aus, dass ein mir nahezu fremder Mann sich daran aufgeilte, dass ich – ja ich, bislang nur Männern zugetan – mich unter den zärtlichen Küssen und Berührungen einer anderen Frau wand, mit nichts bekleidet als einem transparenten Nachthemd. Und doch – es machte mich an, ich kann es nicht anders beschreiben.

Mein Blick blieb an diesem herrlichen Männerkörper haften. Ich musste ihn die ganze Zeit anstarren, schaffte es nicht, die Augen abzuwenden. Annika ließ ab von mir und ergriff sanft meine Hand. Ich schauderte, doch sie lächelte nur und forderte mich auf: „Na komm, geh schon zu ihm, du siehst doch, wie du ihm gefällst." Ich schluckte, lief puterrot an, was ihr ein leises Kichern entlockte. „Oder schämst du dich für deine Gefühle, Mädchen?" Ich blickte verwirrt um mich. Das Tier in mir meldete sich vehement zu Wort, wusste genau, was es jetzt wollte. Ich stand also auf, wie in Trance, ging auf das Bett zu …

Vorsichtig streckte ich meine Hand aus, berührte ihn an der Schulter, strich seinen Arm entlang. Er lächelte, hielt aber mit seinem langsamen Masturbieren nicht inne. Mit der zweiten Hand strich ich ihm übers Haar, berührte sachte sein Gesicht, seinen Hals, seine haarlose Brust. In diesem Augenblick erschien er mir überirdisch schön. Magnetisch wurden meine Augen von seiner langsamen Bewegungen angezogen, mit denen er sein mächtiges Lingam rieb. Meine Hand berührte seine, machte seine Bewegungen mit. Nach einer Weile zog er seine Hand weg, ermunterte mich mit einem Lächeln, allein fortzufahren. Erst vorsichtig, dann etwas forscher begann ich ihn zu massieren, fiel dabei fast wie von selbst vor dem großen Bett auf die Knie, meine Augen magisch von seiner großen, errötet glänzenden Eichel angezogen.

Langsam kam mein Kopf immer näher. Meine Lippen berührten die Eichel zunächst kaum, wie ein flüchtiger Kuss, ich konnte das Salz seines Lusttropfens deutlich schmecken. Ich wurde mutiger, stülpte die Lippen sachte über seine Eichel, während meine Hand weiter an seinem Schaft rieb. Sein Beben war deutlich zu spüren, als ich sachte zu saugen und mit der Zunge zu kreisen begann, er atmete etwas schneller, seine Brust hob und senkte sich gleichmäßig.

Ich schickte mich gerade an etwas forscher zu werden, da fühlte ich Annikas Hände auf meinen Schultern, sanft und doch bestimmt. Ich löste mich von Mark und wandte den Kopf nach hinten, schaute auf zu ihr. Sie blickte mit warmen Augen auf mich herab, hielt etwas in ihrer Hand, ein Medaillon, das sie mir zeigte. Es glänzte silbrig, auf einer Seite zeigte es ein Mädchen im Profil, kniend, die Arme vor und nach oben gestreckt. Meine Augen wurden groß, ich wollte zu sprechen ansetzen, doch sie strich mir nur sachte übers Haar. „Du möchtest es annehmen, nicht wahr?" – langes Schweigen. Ich errötete, mein Herz raste, da sie diese verborgene Seite meiner Seele so treffsicher angesprochen hatte. „Nach dieser Nacht kannst du entscheiden, ob du es behalten möchtest", fuhr sie fort, ruhig und selbstsicher. Ich blickte zu Boden. „Wenn du gehen möchtest, dann tu es bitte jetzt", fügte sie hinzu. „Wir möchten niemanden zu etwas zwingen."

Instinktiv spürte ich, dass jetzt etwas passieren würde, was mein ganzes Leben verändern würde. Es würde nichts mehr sein wie vorher. Verklärt hing mein Blick an diesem schlichten Bild auf dem matt schimmernden Medaillon. Ich kannte dieses Mädchen, so viel war mir klar, und es erschreckte mich, dass ich es kannte. Sie war so anders als das Bild, das sich eine junge Frau von sich zurechtgemacht hatte, dem sie nachzueifern versuchte wie einem Phantom. Mir war, als neigte sie mir den Kopf ein wenig zu, den Blick ein wenig gesenkt, doch voller Stolz und Anmut, voll innerer Stärke. Die Zeit schien stehen zu bleiben, als ich so da kniete, zwischen den beiden, Annikas lange schlanke Finger an der silbernen Kette des Medaillons, Marks herrlicher Körper bewegungslos, nackt, vollkommen unbefangen in meiner Gegenwart.

Irgendetwas machte Klick in mir. Ich wandte mich, immer noch auf den Knien, voll Annika zu, setzte mich zurück auf meine Fersen und reichte meine Arme nach oben, die Handgelenke aneinander gepresst, den Blick auf den Boden gesenkt. Nur mit Mühe konnte ich ein Zittern meines ganzen Körpers unterdrücken, mir war plötzlich heiß und kalt zugleich. Der Kontrast zu Annikas Ruhe hätte nicht größer sein können. „Du hast also gewählt", hörte ich ihre melodische Stimme wie durch einen Nebel. Ich fühlte, wie sie ein Seidentuch nahm und um meine Handgelenke schlang. Eine symbolische Geste, sie machte sich nicht die Mühe, das Tuch zu verknoten. Ihre Finger berührten die meinen, spielten sanft an ihnen. Sachte hob sie meinen Kopf unter dem Kinn, blickte mir warm und liebevoll in die Augen. Dann nahm sie das Medaillon und legte die Kette um meinen Hals. Das kühle Metall schmiegte sich erstaunlich eng an meine Haut. Ein Verschluss schien einzurasten, dann fiel das Medaillon sachte gegen meine Brust, berührte oberhalb meines Busens meine Haut, kühl doch angenehm.

Unmerklich klickte eine Kamera, irritierte mich kurz. Doch es blieb kaum Zeit nachzudenken. Annika trat auf mich zu, löste das Tuch um meine Handgelenke und bedeutete mir aufzustehen. Sie trat dicht an mich heran, küsste mich auf Stirn und beide Wangen und sagte weich: „Willkommen zu Hause, Syl." Ich schauderte. „Syl", das war der Name, den sie mir von diesem Zeitpunkt an gaben. Viel später sollte ich bemerken, dass er bereits auf der Rückseite des Medaillons eingraviert war, ich fand nie heraus, wie sie das angestellt hatten. Wie so vieles anderes auch nicht.

Annika streckte ihre Hand aus, löste mit rascher Bewegung etwas am Kragen meiner Robe. Der dünne seidige Stoff glitt von meinem Körper. Ich blieb erst regungslos stehen, doch beider Blicke hafteten wortlos auf mir. Ich brauchte eine Weile um zu realisieren, was erwartet wurde. Beschämt machte ich einen raschen Schritt zurück, kniete anmutig mit geradem Rücken nieder, hob die Robe auf, legte sie sorgfältig zusammen, hielt sie mit beiden Händen und stand wieder auf. Annika nickte anerkennend, nahm mir das Stück aus der Hand und legte es achtlos ans Fußende des Bettes. Anmutig bewegte sie sich dann zum Kopfende und setzte sich auf dem Bett auf ihre Fersen. Mark folgte ihr, legte seinen Kopf seitlich an ihre Brust, seinen Körper lang ausgestreckt, seine Erektion noch kaum abgeschwollen.

„Komm, Syl, leiste uns Gesellschaft." Ihre Stimme war immer noch weich und melodisch, und doch war da ein Unterton, der an ihren Wünschen keinen Zweifel ließ. Ich überlegte fieberhaft, wie ich ihrem Wunsch am besten nachkommen konnte. Schließlich setzte ich meine Knie auf das Bett und kroch auf allen Vieren auf sie zu, den Blick gesenkt. Das Medaillon baumelte zwischen meinen Brüsten. „Zeige Mark, dass er dir gefällt", sagte sie ein wenig herausfordernd. Ich kroch also auf ihn zu, richtete mich ein wenig auf, legte ihm sachte die Hände auf die Schultern und bot ihm meine Lippen zum Kuss an. Er wartete. Unmerklich berührte sie mich, ermutigte mich mit einer knappen Geste weiterzumachen. Ich bewegte mich also langsam vorwärts, bis meine Lippen die seinen berührten. Er war vollkommen passiv, äußerlich, als ich begann seine Lippen, seine Nase, seine Wangen zu liebkosen.

Annika führte wie selbstverständlich Regie. Ich unterwarf mich ihren knappen Gesten widerstandslos, als sie meinen Kopf langsam nach unten dirigierte, an seinen Hals, seine Brust. Ich ließ meine Zunge kurz an seinen Nippeln spielen, vermeinte ein verhaltenes Stöhnen zu vernehmen, als ich sie sachte einsaugte. Weiter ging die Reise über seinen Bauch und seinen Nabel. Der Geruch seiner Erregung wurde stärker, füllte meine Nase und berauschte meinen Kopf. Schließlich war ich wieder dort angelangt, wo ich zuvor geendet hatte. Forscher als zuvor stülpte ich meine Lippen über seinen Schaft und begann ihn zu saugen, so gut es mich meine wenigen Erfahrungen damit eben gelehrt hatten.

Sein Lingam reagierte fast augenblicklich, begann in meinem Mund zu zucken. Ich widerstand der Versuchung, das Tempo zu erhöhen, presste stattdessen seine Eichel mit der Zunge gegen meinen Gaumen und liebkoste seine Unterseite. Es war deutlich zu spüren, wie sich sein Körper anspannte, wie er sich bereit machte, sein Lingam in meiner Mundhöhle größer und größer wurde. Es kostete mich einige Überwindung, ihn in meinem Mund zu behalten, ich hatte noch nie geschluckt, konnte mir nicht vorstellen, eine Ejakulation in meinen Rachen zu ertragen. Doch Annikas Hand lag plötzlich fest auf meinem Hinterkopf, ihr Wunsch war unmissverständlich. Ich fügte mich also in das Unvermeidliche, und nur Sekunden später spürte ich, wie sich der heiße zähe Saft in meine Mundhöhle ergoss, in die Kehle lief und in die Nase stieg. Das leicht salzige, tranige Aroma des Sperma war plötzlich allgegenwärtig — und ebenso plötzlich wieder erträglich, als ich meine Scheu überwunden hatte, den heißen Saft zu schlucken und meinen Mund auf diese Weise freizubekommen.

Annika löste ihren Griff, Marks Lingam glitt aus meinem Mund. „Komm zu mir, Syl", sagte sie, als ob ich nicht gerade ihren Mann in ihrer Gegenwart befriedigt hätte. Mark zog sich zurück, sie öffnete ihre Arme und zog mich hoch zu sich. „Küss mich", lächelte sie und umarmte mich zärtlich und doch fordernd. Ich sank also in ihre Arme, unsere Lippen berührten sich. Meine Gefühle überwältigten mich plötzlich, und ich brach in Tränen aus. „Schon gut Syl", flüsterte sie mir ins Ohr, und ihre Hände hielten mich sachte. Allmählich beruhigte ich mich in ihren Armen, mein Kopf wurde ganz leer und frei, ich genoss nur noch das Sein, stellte mir keine Fragen mehr, suchte nach keinen Antworten.

Es mochte eine halbe Stunde vergangen sein oder zwei, als mich zärtlich fordernde Berührungen auf meinem Rücken aus meiner Trance erwachen ließen. Ich fühlte

Mark hinter mir – später entdeckte ich, dass ich Marks Gegenwart immer spüren konnte, auch wenn ich keinerlei Sinneswahrnehmung mehr hatte – seine Hand verfolgte zärtlich meine Wirbelsäule. Die Berührungen ließen mich schaudern. Annika schien es auch zu fühlen, sie beugte sich zu ihrem Mann, gab ihm einen flüchtigen Kuss, sie schienen sich in einer nicht nachvollziehbaren Weise miteinander zu kommunizieren. Sie schob mich jedenfalls von sich, und jene leise, aber unmissverständliche Stimme, raunte mir zu: „dreh dich bitte um Syl, auf deinen Rücken." Ich beeilte mich, der Aufforderung nachzukommen. Mark kniete seitlich von mir, während Annika mich von hinten in ihre Arme nahm, die Hände sachte auf dem Bauch, den Kopf gegen ihre Brust gelehnt. Mark begann mich zu berühren. Ich war wie elektrisiert, wie jedes Mal, wenn sich dieser Mann mir zuwandte. Mein Körper war wie Wachs unter seinen sanften, kundigen Händen, ohne jede Scheu berührte er mich, stimulierte mich, schien genau zu wissen, wie er mir Stück für Stück meinen Verstand rauben konnte, mein Verlangen nach ihm, meine Lust in ungeahnte Höhen treiben konnte. Die absurde Situation, mich unter den Augen seiner Frau von ihm nehmen zu lassen, die daran mit der größten Selbstverständlichkeit Anteil hatte, machte meine Erregung nur noch größer, bald war ich nichts mehr als ein nasses williges Stück Fleisch, das mit jeder Faser seines Körpers darum bettelte, endlich genommen zu werden.

Plötzlich war er über mir, in mir, seine langsamen fordernden Bewegungen zwangen mir seinen Rhythmus auf. Nur Sekunden dauerte es, bis ich von den ersten Wellen meiner Orgasmen überschwemmt wurde, dieses erste Mal mit ihm, das sich unauslöschlich in meiner Seele eingebrannt hatte, obwohl ich es bei nur sehr eingeschränktem Bewusstsein erlebte.

Ihre Umarmung war weich, warm, empathisch, sie schien mit mir mit zu beben, öffnete scheinbar einen Kanal von meiner Seele direkt zu der ihren. Wir verschmolzen in dieser ersten gemeinsamen Vereinigung zu dritt zu einer einzigen großen Seele, ich fühlte die innige Verbundenheit dieses Paares durch mich hindurch strömen, als sie mich unwiderruflich in ihre Verbindung hineinliebten. Als er seinem Höhepunkt immer näher kam, beugte sie sich zu ihm, sie verschmolzen über mir zu einem innigen Kuss, während sein Rhythmus mich durchpulste. Ich bebte, als ich seine Ejakulation vorausfühlte, und ließ mich von der Woge meiner Lust überrollen, schrie wohl laut auf, als ich seinen Saft des Lebens zum ersten Mal empfing ...

Die Sonne schien bereits hell, als ich erwachte. Ich blickte um mich, versuchte mich zu orientieren, mich zu erinnern. Sah an meinem Körper herunter, fühlte das Medaillon, stückweise kam die Erinnerung wieder. Ich drehte meinen Kopf, blickte in Annikas warmes Gesicht, an meiner anderen Seite Mark. Sie waren beide leicht bekleidet. Ich machte keinen Versuch mich zu bedecken – das schien mir nach der Intensität dieser Nacht bedeutungslos. Ich versuchte mich aufzusetzen, doch Annika drückte mich behutsam wieder in die Kissen.

„Was fühlst du?", fragte sie mit warmer Anteilnahme. Unwillkürlich berührte meine Hand das Medaillon, das mir bereits selbstverständlich geworden war. Sie lächelte. „Wir haben dein Gepäck bereits holen lassen, jetzt wo du uns gehörst." Ich zuckte leicht zusammen, das Fehlen des Wörtchens „zu" ließ mich schaudern. Doch – es fühlte sich richtig an. Ich wusste in diesem

Moment nicht, wie ich meine Gefühle zum Ausdruck bringen sollte, doch da waren die beiden schon an meinen Seiten. „Knie dich zwischen uns" – es war leicht geworden, Annika zu gehorchen. Jeder ergriff eine meiner Hände, sie reichten sich ihre freien, sodass der Kreis geschlossen war. „Es sei", sagte sie, und er wiederholte die Worte. „Es sei", wiederholte ich.

Alltag

Zum ersten Mal wurden mir die Auswirkungen meiner Entscheidung so richtig bewusst, als ich am Montagmorgen vor dem Spiegel stand, schick fürs Büro gekleidet. Das Medaillon hing immer noch an meinem Hals, und hätte ich mir eher Gedanken gemacht, hätte ich schon früher entdeckt: ich konnte es nicht öffnen. So sehr ich auch an dem geheimnisvollen keinen Verschluss herumzerrte und herumdrückte: es gab nicht nach. Über den Kopf konnte ich die Kette auch nicht ziehen, dazu war sie zu kurz, doch das brachte ein zusätzliches Problem mit sich: trug ich nicht gerade einen hochgeschlossenen Kragen, konnte jedermann das Medaillon sehen. Das kniende Mädchen im Profil mit den hoch gestreckten Armen.

Hochgeschlossen war nun auch keine Lösung auf Dauer, der Frühling war im Anmarsch, und ich war nun wirklich nicht als Kind von Traurigkeit bekannt und hatte bisher nicht mit meinen Reizen gegeizt. Blusen mit offenen Kragen, tief ausgeschnittene Tops und T-Shirts füllten meinen Kleiderschrank. Mir blieb also keine Wahl, ich musste das Beste daraus machen und das Medaillon offen tragen. Umdrehen konnte man es auch nicht gut, die Kette mit ihren steifen Gliedern ließ das nicht zu, und es hätte ja auch nicht viel genützt: Das Wort „Syl" in der Mitte fein eingraviert, rundherum allerhand merkwürdige Symbole, wie Schriftzeichen, die mich an die elbischen Runen aus „Herr der Ringe" erinnerten.

Ich beschloss, einfach bei der Wahrheit zu bleiben, ich habe es als Zeichen der Verbundenheit geschenkt bekommen und trage jetzt deswegen immer. Die meisten gaben sich damit zufrieden, einige riskierten einen genaueren Blick, sagten aber nichts mehr. Mit der Zeit hörte das Gestarre und Gerede auf, nach ein paar Tagen war das Medaillon an mir selbstverständlich geworden und keines Blickes mehr wert.

Der Urlaub war harmonisch zu Ende gegangen, ich hatte ein paar herrliche Schitage und ein paar unvergessliche Nächte mit Mark und Annika durchlebt. Dass ich „ihnen gehörte", schien keine besonderen Folgen zu haben, ich machte mir zunächst auch wenig Gedanken darüber, was das geheimnisvolle Ritual nach unserer ersten Nacht bedeutet hatte. Wie so vieles andere sollte mir das erst sehr viel später klar werden, doch die restlichen Nächte vögelten wir einfach zu dritt in allen Variationen durch, am Ende war ich zwar ziemlich übernächtig, aber rundum glücklich und zufrieden. Sie hatten mich noch in ihrem Wagen zur Bahn gebracht, sich herzlich von mir verabschiedet und nur geheimnisvoll gemeint, ich werde bald wieder von ihnen hören. Sonst, so schien es mir, war ich frei in meinen Handlungen, nur das Medaillon erinnerte mich regelmäßig an die besondere Bindung, die ich zu diesem Paar hatte.

Renato

Am Freitag darauf, ich war mit meiner Ausgehfreundin in den bekannten Aufriss-Lokalen der Innenstadt unterwegs, sprach mich ein Mann an, dessen seltsam bestimmter Gesichtsausdruck mir von Anfang an auffiel. Er musste das Medaillon sofort entdeckt und als das erkannt haben, was es war. Dennoch fühlte ich mich zu ihm merkwürdig hingezogen, und so verabschiedete ich mich von meiner Freundin und folgte seiner Einladung, ihn zu begleiten.

Auf der Fahrt zu seiner Wohnung sprach er wenig, erst in seinem Wohnzimmer, nachdem er mit Drinks zurückgekehrt war, wandte er sich mir voll zu und sprach mich direkt auf das Medaillon an. Ich erzählte vage meine übliche Geschichte und wollte schon mein Verführungsrepertoire auffahren, um ihn von dem Thema abzulenken, doch da griff er sehr bestimmt meine Hand, sah mir voll in die Augen und fragte mich: „Du bist dir nicht bewusst, was du da hast, oder?" Ich war sprachlos, dann schüttelte ich errötend den Kopf. „Erzähl mir genau, wie du dazu gekommen bist." In diesem Augenblick kam mir nichts anderes in den Sinn, als ihm ausführlich von meiner Begegnung mit Mark und Annika zu erzählen, von den merkwürdigen Fragen und dem merkwürdigen Ritual.

„Seltsam", sagte er, schüttelte leicht den Kopf und griff nach der Kette, prüfte den Verschluss und nickte. Dann drehte er das Medaillon um und studierte die Schrift und die geheimnisvollen Symbole. Ich verstand gar nichts mehr. Irgendetwas schien er wieder zu erkennen, war das Medaillon, waren die Symbole so eine Art Geheimzeichen für Eingeweihte?

Er verließ den Raum kurz; als er zurückkehrte, hatte er eine schlanke Reitgerte in der Hand. Und ein Medaillon, ganz ähnlich dem meinen. Es zeigte jedoch einen aufrecht stehenden Mann mit einer vielfach verästelten Peitsche in der Hand. Auf der Rückseite ein Name, „Renato" entzifferte ich, und andere Zeichen rundherum arrangiert. Plötzlich zitterte ich am ganzen Leib, ich begann zu ahnen, in was ich da hineingeraten war, zumindest oberflächlich.

„Zieh dich aus", befahl er mir bestimmt. Obwohl ich ja zum Ficken hergekommen war, ging mir der schneidende Befehl durch Mark und Bein. Nein, dachte ich bei mir, das ist mir doch zu heiß. Ich stand auf und wandte mich zum Gehen. Doch er war im Nu bei mir und fasste mich hart am Handgelenk. Ich wollte schreien, doch seine Hand legte sich von hinten über meinen Mund, wartete gelassen ab, bis mein Widerstand verebbt war. Zitternd sank ich wieder auf das bequeme Sofa nieder, er reichte mir einen Cognac, wartete, bis ich ihn geleert hatte.

„Geht's jetzt?", fragte er dann mit leichter Belustigung in der Stimme. Mein Widerstand war gebrochen, gehorsam schlüpfte ich aus Top und Mini, sein Blick blieb unbewegt, als ich meine Strümpfe und dann meinen Slip abstreifte und sorgfältig zusammengelegt auf einen Stoß legte. „Ja", sagte er nur und nickte. „Ja, du hast es in dir." Er setzte sich breitbeinig in einen Lehnstuhl und deutete wortlos auf den Boden zwischen seinen Beinen. Ich verstand, ging mit all der Anmut, zu der ich noch fähig war, zu ihm und kniete mich vor ihm nieder.

„Das Medaillon bestätigt mir deine Geschichte", sprach er, als ob er über das morgige Wetter reden würde. „Du gehörst einem Paar, bei dem sie die Dominante ist." Er sah mich lang an, dieses Detail hatte ich nicht erwähnt, doch nun nickte ich stumm. „Sie räumen Meistern beiderlei Geschlechts das Recht ein, dich zu benutzen, doch nicht, dich zu verletzen."

Stille, die Worte verklangen, begannen in meinem Verstand ihre Wirkung zu entfalten. In was hatte ich mich da verstrickt? Mir wurde heiß und kalt, als ich realisierte, dass ich bereits nackt vor ihm kniete. Und – wie ich mir eingestehen musste – feucht und geil war. Die Frage stellte sich gar nicht, wie man mich dazu zwingen konnte. Langsam sickerte diese Erkenntnis in mir. „Du hast es in dir", klangen seine Worte in meinem Kopf nach, immer wieder, immer wieder.

„Du kannst jetzt gehen, wenn du möchtest." Verdammt, ja ich wollte, ich hatte Angst, doch ich konnte es nicht. Gut, dachte ich, ich konnte die Entscheidung ja jedes Mal wieder neu treffen. Ich war mir nicht bewusst, wie tief ich schon drin steckte, als ich den Kopf langsam schüttelte. Stattdessen presste ich meine Handgelenke zusammen und bot sie ihm dar, nach oben gestreckt, wie das Mädchen auf dem Medaillon. Er blickte zu mir herab, ich senkte den Blick auf den Boden. Er hob sachte mein Kinn an, zwang mich, ihm in die Augen zu blicken. „Du bist sicher? – Es ist uns wichtig, niemals jemanden zu irgendetwas zu zwingen." Eine lange Pause entstand. „Ja Herr", antwortete ich schließlich. „Ja, ich bin sicher."

Er nickte, hielt plötzlich ein paar federleichter Handschellen in seiner Hand, klickte sie mir um die Handgelenke, befahl mir aufzustehen und ihm zu folgen. Er führte mich in einen Nebenraum, nahezu kahl, in der Mitte ein massives Bett mit einem eisernen Gestell. Befahl mir, mich auf den Rücken zu legen, die Arme hinter den Kopf. Hoch über mir erblickte ich mich selbst, die Decke war verspiegelt, doch der Spiegel schien vielfach in sich gewölbt, verzerrte das Bild in merkwürdiger Weise. Er öffnete meine Handschellen, wartete eine Weile – er wollte wohl wirklich sicher gehen, dass es mir ernst war – befestigte dann meine Handgelenke weit gespreizt am Gitter des Betthauptes. Die Beine folgten, wie ein X lag ich gestreckt auf dem Rücken. Das verzerrte Spiegelbild verwischte die Konturen, doch ich konnte das Mädchen gut erkennen, das da so weit gespreizt lag, und es machte mich geil. Tierisch geil. Lust, Gier und Angst mischten sich zu einem hochexplosiven Cocktail, trieben das Adrenalin in Wellen durch meine Adern, ich atmete bereits rascher.

Er trat an mich heran, hatte die Gerte gegen eine vielfach verästelte Lederpeitsche getauscht, ganz wie auf dem Medaillon. Ich hielt den Atem an, als er sie hob und locker auf meinen Oberschenkel fallen ließ. Ich war überrascht, momentan fast enttäuscht, dass es kaum schmerzte. Mehr ein Kribbeln, eine leichte Wärmeentwicklung. Er grinste mich an, schien meine Gedanken zu erraten. Er begann mich mit einem langsamen stetigen Rhythmus mit der Peitsche zu schlagen, ich sollte eher von liebkosen sprechen. Es war das Gefühl des absoluten Ausgeliefertseins, das mich nahezu augenblicklich um den Verstand brachte, verstärkt durch das warme Glühen meiner Haut an den Stellen, die getroffen worden waren. Ich keuchte immer rascher, bereitete mich auf einen raschen Höhepunkt vor, doch – wurde herb enttäuscht, denn der kam nicht. Auf den sollte ich noch lange warten müssen an diesem Abend. Als ich unwillkürlich an den Fesseln zerrte, stoppte er die Peitsche und lachte. „Was möchtest du gerne", fragte er mich herausfordernd. Ich presste die Lippen zusammen, versuchte seinen Blick auszuweichen. „Hast du noch nicht gelernt, wie einfach es ist, um das zu bitten, was man gerne möchte?" Mit großen Augen sah er auf mich herab. Wellen der Scham durchzuckten mich, ich brachte keinen Ton über die Lippen. Niemals würde ich mich so weit entwürdigen, selbst um einen Höhepunkt zu bitten, dachte ich mir. Wie wenig wusste ich damals noch …

Er begann mich wieder zu peitschen, nahm sich diesmal meine Brüste vor. „Nicht aber, sie zu verletzen" – an diesem Gedanken klammerte ich mich fest, um meine Angst unter Kontrolle zu halten. Das war leicht, denn schon nach wenigen Schlägen war ich wieder da, wo ich vorher gewesen war. Insgeheim begann ich zu ahnen, ich würde früher oder später alles tun, um zur Erlösung zu kommen. Er stoppte wieder. Meine Haut glühte, ich lechzte förmlich nach den erlösenden Berührungen, an jener Stelle, an der die Nässe bereits offensichtlich tropfte. Ich keuchte, schaffte es aber immer noch nicht, mich zu überwinden.

Er legte die Peitsche zur Seite. „Vielleicht hilft es dir, wenn ich dir eine andere Facette der Lust nahe bringe?" Er griff nach der Gerte, betrachtete mich nachdenklich Meine Augen weiteten sich vor Schreck. Er würde doch nicht …

Er wusste genau, was er tat. Die Schläge schmerzten, aber sie schmerzten nicht unerträglich. Die Gerte hinterließ rote Spuren auf meiner Haut, aber sie schwoll nicht an und riss nicht ein. Ich fragte mich, ob er mich mit dieser Gerte wohl ernsthaft verletzen könne, doch die Suche nach der Antwort zerfloss in der Intensität der Empfindungen. Plötzlich wieder Stille, er blickte mich nur ruhig an. Ich biss mir auf die Lippen, konnte mir ausrechnen, wie es wohl enden würde. „Bitte“, sagte ich sehr leise. „Ich kann dich nicht verstehen“. Ruhig, souverän. Selber schuld, dachte ich bei mir. Der Punkt ging wohl an ihn. „Bitte, erlöse mich, Herr.“ Mein Gesicht lief puterrot an, doch er schien unbeeindruckt. Er hatte mittlerweile ein anderes Spielzeug gefunden, ein Rad mit scharfen Spitzen. „Halt jetzt ganz still“, befahl er, als er begann, die Innenseiten meiner Arme mit dem Rad nachzuzeichnen. Die Stacheln waren spitz, der punktförmige Schmerz blieb lokal, doch die Vielzahl der mikroskopischen Einstiche addierte sich zu einer Wolke von Schmerzempfindungen, die langsam über meinen Körper wanderte, dem Rad in einigem Abstand folgend.

Ich zuckte unwillkürlich, als das Rad über meine Nippel rollte, meinen Bauch hinunter und über die Vulva. Als die Spitzen meine Klitoris reizten, musste ich laut aufstöhnen. Er fuhr mit dem Rad ein paar Mal auf und ab, meine Yoni begann sich schon zusammenzuziehen, da lächelte er nur und stoppte. Wut und Enttäuschung blitzten aus meinen Augen. − „Ich höre immer noch nichts“, sprach er kopfschüttelnd.

„Bitte Herr, lass mich kommen, mein Körper steht dir zur Verfügung.“ Puterrot wurde ich, mir gingen diese Sätze damals noch nicht leicht von den Lippen. Sein Ausdruck veränderte sich, sein Gesicht zeigte jetzt Arroganz. Er nahm die Gerte, spielte damit an meinen Nippeln herum und sagte. „Komm schon, Schlampe, sag mir was ich mit dir machen soll.“ Ich hatte nichts mehr zu verlieren, mein Stolz war dahin. „Fick mich, Herr“, stieß ich hervor. „Bitte.“

Langsam, fast teilnahmslos legte nun auch er seine Kleidung ab. Sein Lingam war bereits steif, was mich mit einer gewissen Genugtuung erfüllte. Er kletterte einfach über mich, kniete erst zwischen meinen Beinen und nahm mich dann in der klassischen Missionarsstellung.

Dafür aber endlos. Mir schien, als würde die langsame gleichförmige Fickerei sich über Stunden hinziehen, die anfängliche Lust, die sich erst unmäßig steigerte, getrieben vom Neuen, Außergewöhnlichen, wandelte sich langsam, die Kontraktionen meiner Yoni begannen mit der Zeit zu schmerzen, und dennoch rollte eine Welle von Orgasmen nach der andern durch meinen Körper. Als ich schon am Rande der Erschöpfung war, zog er sich unspektakulär aus mir zurück, kniete sich ebenso beiläufig über mich, machte ein paar Wichsbewegungen, zwang mit Daumen und Zeigefinger mein Kiefer weit auf und ergoss sich in ein paar heißen Stößen über mein Gesicht. Das Sperma lief in meinen Mund, meine Wangen und mein Kinn herab, er hielt meine Kiefer mit hartem Griff auseinander, bis ich den Teil, den er in meinen Mund gespritzt hatte, ganz geschluckt hatte. Erschöpft ließ er mich auf dem Bett liegen, ich fiel in einen unruhigen Schlaf voller wirrer Träume.

Am Morgen weckte er mich und nahm mich noch einmal. Kurz, hart, auf sich bezogen. Als er sich zurückzog, lief sein Sperma aus meiner weit gespreizten Yoni, ich hatte keine Möglichkeit, es zu verhindern. Meine Glieder schmerzten, ich hatte Durst, musste bereits dringend pinkeln. Schließlich band er mich los. „Herr, darf ich die Toilette benutzen?" fragte ich, um nicht durch irgendwelche Zurechtweisungen noch mehr Zeit zu verlieren. „Du lernst", nickte er anerkennend. „Geh schon, du bist frei." Ich durfte auch seine Dusche benutzen, als ich wieder angezogen war, hatte er schon

Kaffee und ein kleines Frühstück vorbereitet. Ich setzte zum Reden an, doch er hob die Hand. „Sprich nicht darüber bitte", sagte er knapp. Um das peinliche Schweigen zu durchbrechen, verwickelte er mich in ein Gespräch über meinen Beruf, meine Ausbildung, bald plauderten wir unbefangen, als ob nichts gewesen wäre.

Er brachte mich noch zur Tür, und sehr nachdenklich saß ich in der Tram, auf dem Weg nach Hause. Auch wenn ich es mir nicht eingestehen wollte: die Nacht hatte mich tief im Innersten berührt. Kühl lag das Medaillon an meinem Hals, mein Gegenüber starrte mich an. Ich bemerkte es kaum, beschäftigt mit mir selbst. Mit dem Mädchen, das kniete und die Arme nach oben streckte.

Die Freundin

Als ich meiner Freundin Martina zum dritten Mal hintereinander den Freitags-Ausgang absagte, begann sie mich eindringlicher zu befragen, was denn los sei. Ich antwortete ihr ausweichend, ich fühle mich nicht wohl, habe zu viel um die Ohren, brauche mal meine Ruhe. Die Wahrheit war: Ich hatte keine Lust mehr auf die immer gleichen Sprüche, auf die schnellen Nummern, auf die Morgen danach. Es war, als hätte das Medaillon schon ein Stück weit von meiner Seele Besitz ergriffen. Die Gedanken an das Erlebte ließen mich nicht los, an die Intensität, die sich mit nichts vergleichen ließ, was ich vorher erlebt hatte. Ich stürzte mich also auf allerhand Kompensation, intensivierte mein Sportprogramm, putzte die Wohnung bis in die hintersten Winkel – und doch: die Unruhe blieb, die Sehnsucht.

Ich saß also allein mit meinen Gedanken im Dunkeln, als es an der Tür läutete. Ich warf mir den Bademantel nachlässig über die Schultern und öffnete. Es war Martina, die Sorge um mich in ihr Gesicht geschrieben. Ich zwang mich zu einem Lächeln und bat sie herein, sie, die ich schon so viele Jahre kannte. Sie sah durch meine Maske hindurch, nahm mich an der Hand und führte mich zu meinem bequemen Sofa. Machte uns einen starken heißen Kaffee und setzte sich zu mir. „Es hat mit diesem – Ding da zu tun, nicht wahr?" Ich sah sie lange an, dann nickte ich. Was jetzt Wochen in mir arbeitete, musste heraus. Ich erzählte ihr die ganze Geschichte, von der Begegnung mit Mark und Annika in den Schiferien bis zu jenem seltsamen Mann, der mich in einige Geheimnisse des Medaillons eingeweiht hatte. Sie hörte geduldig zu, hielt meine Hand, streichelte mich sanft am Handrücken.

„Und was empfindest du jetzt?", fragte sie mich schließlich mit warmer Anteilnahme. Ich brach in Tränen aus, sie nahm mich sachte in den Arm. „Ich weiß es doch nicht", brachte ich schließlich hervor. „Es lässt mich nicht los, aber es macht mir auch große Angst." Sie hielt mich eine Weile, bis ich mich wieder gefasst hatte. „Sylvia, du weißt, dass es ganz einfach ist loszukommen, wenn du es willst." Sie stand auf und kam mit einer simplen Kneifzange aus meinem Werkzeugkasten zurück. Sie legte sie vor mich auf den Tisch. „Die Frage ist - willst du das?"

Ich starrte die Zange mit großen leeren Augen an. Da war sie wieder, die Unfähigkeit, mich dem Bann zu entziehen. Es war so einfach, woraus immer diese Kette war, sie würde entschlossenem Vorgehen mit der Kneifzange wohl nicht lange standhalten. Doch sie war ein Symbol, eine Ikone für etwas Anderes, tief in meiner Seele. Ein kleines dunkles Tier, das erwacht war und nicht mehr bereit war, sich so einfach wieder schlafen legen zu lassen. Martinas Blick ruhte die ganze Zeit auf mir, ruhig und gefasst. Schließlich stand sie auf und schickte sich an zu gehen. „Du weißt, wie du mich erreichst, wenn du etwas brauchst, bin ich immer für dich da. Aber ich denke, ich kann dir momentan nicht helfen", sagte sie mit einem leise bedauernden Ausdruck. Ich blickte auf zu ihr, sah sie an, wie durch einen Schleier, fast flehend meine zittrige Stimme: „Bitte Martina, lass mich nicht allein."

„Ich werde morgen früh wieder kommen", sagte sie zärtlich. Bis dahin hast du hoffentlich deine Entscheidung getroffen. Sie deutete auf die Kneifzange. „Doch jetzt muss ich dich leider verlassen, denn ich hab heut noch ein Date, und mir sind die schnellen Ficks noch gut genug. Ich hab mich ja auch nicht unsterblich in Mr. Holland verknallt und gleichzeitig meine devote Ader entdeckt." Ich musste lachen, das liebte ich so an Martina. Sie war direkt und unkompliziert, nahm mich so wie ich war, und hatte es schon oft geschafft, mir mit einem einzigen solchen Satz den Kopf wieder zurechtzurücken.

Als sie weg war, räumte ich die Kneifzange wieder in den Werkzeugkasten. Es war außerhalb meines Vorstellungsvermögens, die Sache so einfach zu beenden. So wie wenn sie damit beendet wäre. Phantasien, Sehnsüchte und Leidenschaften konnte man nicht einfach mit einer Zange abzwicken, Verliebtheit noch weniger. Doch mit dieser Erkenntnis konnte ich wenigstens leben, ich warf mich also, wie ich war, auf mein Bett und schlief nahezu augenblicklich ein.

Am nächsten Morgen fühlte ich mich deutlich besser. Ich ging schon früh joggen, frühstückte dann in einem Cafe nahe meiner Wohnung und hatte total auf Martina vergessen. Als ich so verschwitzt und mit hängenden Haaren zu meinem Wohnhaus zurückkehrte, stand sie schon nervös vor dem Haustor und rauchte eine Zigarette. „Herrgott, hast du mir einen Schrecken eingejagt", begrüßte sie mich schon von weitem. „Hey, tut mir echt leid", antwortete ich beschämt. „Kann ich es wieder gut machen?" – „Ach Quatsch, Syl, ich bin doch froh, dass es dir wieder besser geht. Ja ja, die nicht ficken wollen, müssen halt Sport machen", spottete sie wie eine kleine Göre. Ich knuffte sie in die Seite, doch sie setzte nach: „Und vergiss mal die kalte Dusche nicht." Ich musste herzlich lachen. „Kommst du mit rauf?", fragte ich sie. „Ich brauch aber auch eine Dusche", lächelte sie verschmitzt zurück. „Er hat mich vor einer halben Stunde hier abgesetzt. Hat natürlich nicht gewartet, ob du da bist. Männer halt." Sie schaffte es immer wieder, mich zum Lachen zu bringen. „Na komm, ist ja nicht das erste Mal, dass du bei mir duschst." Hand in Hand gingen wir ins Haus und fuhren mit dem Lift hinauf zu meiner kleinen Wohnung.

Bald standen wir gemeinsam unter den warmen Wasserstrahlen. Das war mein einziger Luxus, ein riesiges Badezimmer mit einer ebenso riesigen Doppelbadewanne, in der wir jetzt gemeinsam standen und uns abseiften. Sie griff nach dem Medaillon und betrachtete es sich genauer. „Weißt du Syl, irgendwie beneide ich dich auch drum, dass du für deine Neigungen Partner gefunden hast." Da war es wieder, sie hatte mich schon zum zweiten Mal Syl genannt, ich hatte zuerst nicht falsch gehört. Jetzt, wo ich nachdachte, war es auch ihre Idee gewesen, gemeinsam zu duschen. Ob Martina auch? – Ich war mittlerweile ja auf Überraschungen aller Art vorbereitet.

Sie schien meine Gedanken zu erraten. „Nein Mädchen, ich habe kein solches Medaillon in der Handtasche." Etwas an ihrem Tonfall irritierte mich dennoch. Und – verdammt noch mal – machte mich schon wieder geil. Ich dachte kurz an die Kneifzange, und doch wusste ich, sie würde nichts daran ändern. Sie stellte das Wasser ab, wir stiegen beide aus der Wanne, frottierten uns mit warmen frischen Badetüchern ab. Mein nasses Haar schlang ich mit einem Handtuch zu einem Turban, Martina tat es mir gleich. Eine unbestimmte erotische Spannung lag in der Luft, war fast zum Greifen. Martina hatte dieses verschmitzte Lächeln auf ihrem Gesicht, das mir verriet, dass sie etwas im Schilde führte. Sie griff nach meiner duftenden Lotion – was hatte sie denn damit vor, sie mochte doch „solches Zeug" überhaupt nicht, wie sie mir immer wieder erzählte – fasste meine Hand so plötzlich, dass mir das große Badetuch vom Körper fiel, und schubste mich aus dem Bad. „Hey" protestierte ich, doch sie machte nur „pssst" und schob mich weiter in Richtung meines Schlafzimmers.

„So, brav auf den Bauch legen", kommandierte sie halb lachend. Ich war zu perplex, um zu protestieren. Ich fühlte das Bett weiter nachgeben, als sie sich neben mich hinkniete, und bald war ich in meine Tagträume versunken, denn sie hatte begonnen, mich mit vorgewärmter Lotion einzucremen. Sachte massierte sie mich, löste all die kleinen Knoten und Verspannungen, die die Ungewissheit in meinem Körper hinterlassen hatte, ihre Hände arbeiteten sich meine Wirbelsäule entlang, cremten meine Haut zärtlich ein und erzeugten in mir langsam ein Gefühl vollkommen gelöster Ruhe und Entspannung, das ich schon einige Zeit nicht mehr empfunden hatte. Als sie mein Gesäß und meine Oberschenkel erreichte, lösten die Berührungen ein angenehm kribbelndes Gefühl aus, der fehlende Sex machte sich bemerkbar – wie ausgehungert musste ich sein, dass ich schon auf meine Freundin ansprach? – Mit sanfter Stimme forderte sie mich jetzt auf, mich umzudrehen. Ich folgte ihr, und sie nahm meine Arme, legte sie mit sanftem Nachdruck hinter meinen Kopf auf die Matratze. Ein Schauder durchrieselte mich, als ich in ihrem bestimmten Blick die deutliche Aufforderung las, sie doch bitte dort liegen zu lassen. Der Austausch verlief unmerklich, ohne Worte, ihre Augen quittierten befriedigt den Konsens, den die meinen ihr signalisiert hatten.

Mein Körper reagierte sofort, als ich ihre Hände an meinem Hals fühlte. Sachte rieb sie die warme Lotion ein – sie vergaß nie, sie mit ihren Händen vorzuwärmen – und methodisch arbeiteten sie sich voran, meinen Körper hinab. An meinen Nippeln verweilten sie ein wenig, kneteten sie mit sanftem Druck, brachten dadurch meinen Herzschlag und meinen Atem auf Touren. „Tief atmen", forderte sich mich mit Wärme in ihrem Blick auf, als sie fortfuhr, meinen Körper Zentimeter für Zentimeter einzucremen, immer tiefer kam sie, bis sie meine Vulva erreicht hatte. Sachte drückte sie jetzt meine Beine auseinander, begann von den Zehenspitzen weg erst das linke Bein sorgsam einzucremen, dann ebenso sorgsam das rechte. Schließlich stellte sie die Flasche weg und verrieb die letzten Reste der Lotion im Bereich meiner Scham. Wie selbstverständlich strich sie mir dabei über die äußeren Schamlippen, was mir ein unwillkürliches Stöhnen entlockte.

„Mach die Augen zu", hauchte mir ihre Stimme zu, ich konnte nicht anders als gehorchen. Während ihre eine Hand sich wieder an meinem rechten Nippel zu schaffen machte, begann mich ihre andere ganz sachte und methodisch zu stimulieren. Ich stöhnte laut auf, hielt aber die Augen geschlossen. Die Berührungen waren so, wie sie nur eine Frau geben konnte: sanft, empathisch, aber doch bestimmt auf den Punkt kommend. Ich verlor mich im Strudel meiner aufgestauten Lust, als sie mich punktgenau von einem Orgasmus zum nächsten trieb, Dienerin und Herrin zugleich, mir Lust schenkend, die aber doch vollkommen meiner Kontrolle entzogen war. Sekunden, Minuten, Stunden zerflossen, in denen die pure Körperlichkeit mich in ihrem Griff hatte, mich zum Schwitzen, Stöhnen und Schreien brachte, unendlich lustvoll und doch unbarmherzig, bis ich schließlich vor Erschöpfung um Gnade flehte ...

Viel später stand ich zitternd und erschöpft auf, weil ich pinkeln musste. Sie saß in meinem Wohnzimmer, adrett und gestylt wie immer, und las in einem Buch. Sie blickte nur kurz auf und sagte: „Geh noch mal duschen und richte dich so her, dass du unter Menschen gehen kannst." Ich zeigte ihr die Zunge, was sie mit einem schelmischen Nasedrehen quittierte, aber eine halbe Stunde später war ich so weit, dass wir zu Fuß in ein nahe gelegenes Bistro aufbrechen konnten. Ich lief schweigend neben ihr her, weil ich nicht wusste, was ich sagen sollte. Sie erledigte das aber auf ihre unnachahmlich direkte Art: „Wenn ich früher gewusst hätte, dass du geil auf Frauen bist, hätten wir schon früher viel Spaß miteinander haben können", sagte sie in fröhlichem Plauderton. Ich kam mir vor, als wären wir beide in die Gymnasialzeit zurückversetzt, wo mir ihr hemmungslos direkter Umgang mit ihrer Sexualität zeitweise die Schamesröte ins Gesicht getrieben hatte. Sie wollte schon damals ständig ficken und tat das auch ohne die geringsten Bedenken, und sie war es auch gewesen, die mich später, lang nach der Schulzeit, alles über Flirten, Aufriss und One Night Stands gelehrt hatte. Da wir beide ohne festen Partner waren, hatte sich daraus diese Freitagsroutine des gemeinsamen Ausgangs entwickelt.

„Martina", sagte ich und drückte ihre Hand ganz fest, „ich ...". Weiter kam ich nicht, es war wie immer bei ihr: Sie wollte meine Einwände und Zweifel nicht hören. „War es jetzt geil oder nicht?", fragte sie nur. „Krieg mir jetzt bloß nicht den Moralischen, bei deinen Holländern hast du den ja auch nicht gehabt." Ich gab auf und lachte mit ihr, als wir das Lokal betraten und uns vom Kellner an einen kleinen etwas abgelegenen Tisch führen ließen. Er kannte uns schon und wusste, wir wollten reden. Seinen neugierigen Blick auf das Medaillon nahm ich schon gar nicht mehr bewusst wahr.

Wiedersehen in Holland

Ich erwachte, es war stockdunkel. Ich ließ es dabei, setzte mich auf und spähte aus dem Fenster in das vorbeihuschende Dunkel der Nacht. Gleichmäßig schlugen die Räder auf den Stößen der Schienen. Ich konnte nicht mehr schlafen, zu aufgewühlt war ich vor lauter Vorfreude auf das, was kommen würde. Was ich zumindest hoffte. Auf ihn, um ganz genau zu sein, auf Mark, Annikas Gefährten, in den ich mich schon am allerersten Abend mit diesem ungewöhnlichen Paar ein wenig verliebt hatte.

Ich machte das Nachtlicht in meinem Einzelabteil an und kramte noch einmal den Brief heraus, der vor vier Wochen in meiner Post gewesen war. Eine feminine, aber selbstbewusste und kühn geschwungene Handschrift. Annikas Handschrift, die Handschrift der Herrin, wie ich sie in meinen Gedanken bereits nannte.

Liebe Syl,

wir sind sicher, dass du in der Zwischenzeit einiges herausgefunden hast über dich, das Medaillon und deine Gefühle. Wohl auch darüber, welche geheimnisvolle Kraft es ist, die das Medaillon an dich bindet und dich an das Medaillon. Wir hoffen, dass du es mittlerweile mit Stolz und Selbstbewusstsein trägst.

Wir würden uns freuen, wenn du uns ab 27. März für zwei Wochen in unserer Heimat besuchen kommst. Du benötigst kein Gepäck, es wird für alles gesorgt sein. Wir bitten dich aber, dich innerlich auf deinen Besuch bei uns vorzubereiten. Wir glauben, dass es dir dabei helfen würde, bis zu deiner Ankunft keusch zu bleiben.

Wir wollen und werden dich aber nicht danach fragen.
Folge deinem Herzen.

Bis bald, Annika und Mark

Im Umschlag steckte eine Erste-Klasse-Fahrkarte für ein Schlafwagen-Einzelabteil.

Martina hatte wie immer zu meiner Ernüchterung beigetragen. „Mensch geil, natürlich fährst du. Fragt sich nur, wie du deinem Boss den Urlaub rausreißt, wenn du ihn jetzt seit vier Wochen nicht mehr vögelst." „Blödfrau", gab ich gespielt verärgert zurück, „ich vögle den seit zwei Jahren nicht mehr, und den Urlaubskalender führe ich." Sie grinste mich an: „Ja ja, wie die Zeit vergeht, der ist jetzt auch schon unter der Haube und schiebt den Kinderwagen", spottete sie. „Na wenn du es ohnehin weißt …" – „Werd ich halt freitags weiter allein fortgehen, mit dir kann ich ja in letzter Zeit sowieso nicht mehr rechnen, das bin ich ja schon gewohnt", stichelte sie.

Auf die Idee, ich könnte die Zeit der Keuschheit nicht einhalten, kam sie erst gar nicht. Zwei Tage später tauchte sie bei mir auf, mit einem Einkaufssack in der Hand und ihrem gewissen Grinsen auf ihrem Gesicht. Das Teil war wunderschön, aber auch Furcht einflößend, sie wollte nicht sagen, wo sie es her hatte. Ein Keuschheitsgürtel aus hauchdünnen Goldbändern, federleicht, doch mit irgendeinem Metall legiert, das ihn fest und belastbar machte. Sie legte ihn mir an und rastete ein winziges Vorhängeschloss am seitlichen Verschluss ein. „Den kriegst du aber mit deiner Kneifzange nicht auf", warnte sie mich. „Den Schlüssel bekommst du am Tag deiner Abreise am Bahnhof."

Lächelnd berührte ich das Metall, das sich unter meinem Rock eng an meine Haut schmiegte. Ich ließ die darauf folgenden vier Wochen Revue passieren, in denen das Verlangen zunächst gestiegen war, fast übermächtig geworden. Erinnerte mich an den nächtlichen Telefonanruf bei Martina, in dem ich sie so lange um den Schlüssel anbettelte, bis sie das Gespräch mit der Frage beendete: „Sag mir ins Gesicht, dass das dein Wille ist, und du bekommst den Schlüssel." Eine halbe Stunde später stand sie bei mir in der Wohnung und wiederholte die Frage, hielt mir den Schlüssel unter die Nase. Unter Tränen brach ich zusammen und weinte mich in ihren Armen in den Schlaf. Sie war Freundin genug, am nächsten Morgen verschwunden zu sein und die Sache nie wieder zu erwähnen.

Es hatte nun doch nicht ganz bis zur Abreise gedauert, bis ich den Keuschheitsgürtel wieder ablegte, wenn auch nur für kurze Zeit. Sie saß neben mir auf dem Badewannenrand, einen neuen Rasierer in der Hand. „So hättest du nicht fahren können", bemerkte sie und entfernte rasch und methodisch auch die letzten Spuren von den Haaren, die in den letzten vier Wochen an meiner Scham nachgewachsen waren. Sie dachte einfach an alles. Das Rasieren machte mich unglaublich an, doch sie war unerbittlich. „Raus mit dir, und leg dich noch ein bisschen hin. Packen brauchst du ja nicht mehr." Mit diesen Worten schloss sie den Gürtel wieder energisch um mein Becken, schubste mich zu meinem Bett und ließ mich allein.

Vor ein paar Stunden hatte sie mich schließlich zum Bahnhof gebracht und mir Schussel den Schlüssel im allerletzten Augenblick in die Hand gedrückt. „Verlier ihn nicht, sonst ist es vorbei mit dem Spaß", lächelte sie mir ermunternd zu und küsste mich zart zum Abschied auf den Mund.

Ich ließ mich zurück in die Kissen sinken. Es war leicht geworden, das Verlangen zu kontrollieren. Ich fiel zurück in einen leichten unruhigen Schlaf, aus dem mich der Schaffner am Morgen weckte. „Noch eine halbe Stunde bis zur Ankunft", sagte er in gebrochenem Deutsch mit holländischem Akzent. Ich dankte ihm, wühlte in meiner Handtasche, um die wenigen persönlichen Dinge herauszukramen, die ich mitgenommen hatte, um mich wenigstens im Zug frisch machen zu können, putzte mir die Zähne, brachte mein Haar in Ordnung, legte einen Hauch Rouge und Lippenstift auf.

Die Sonne blendete mich bereits trotz der frühen Stunde, als ich den Bahnsteig entlangging, auf das kleine Bahnhofsgebäude zu. Es waren nur wenige Fahrgäste, die hier mit mir ausstiegen. Ich blickte suchend um mich, da sprach mich ein Herr im dunklen Anzug an. „Fräulein Sylvia?" fragte er mit dem typisch holländischen Akzent. Ich nickte – „Folgen Sie mir bitte." Er geleitete mich zu einer schwarzen Limousine mit abgedunkelten Scheiben, öffnete die Tür zum Fond. „Bitte sehr" – er verneigte sich knapp. Die Fahrt ging zügig durch die flache Landschaft Nordhollands, eine halbe Stunde vielleicht. Kurz kam mir zum Bewusstsein, dass weder ich noch irgendjemand von meinen Bekannten wusste, wohin die Reise ging. Schließlich hielt der Wagen vor einem großen Herrenhaus inmitten der flachen Graslandschaft, weit und breit das einzige Haus, das zu sehen war. Mein Herz begann schneller zu schlagen, denn das Gefühl seiner – Marks – Präsenz war plötzlich ganz stark da.

Der Fahrer öffnete die Wagentüre, und an der Haustür empfingen mich die beiden auch schon. Erst schloss mich Annika in die Arme – „willkommen, Liebes", dann überließ sie mich Mark, der mich in seine Arme nahm und lang und leidenschaftlich küsste. „Schön dass du da bist, Syl", strahlte er mich an, seine Augen leuchteten. In der großen Wohnküche des Hauses war ein kräftiges Frühstück angerichtet, und bald schon plauderten wir wieder unbefangen miteinander, als ob wir uns erst die Woche zuvor getrennt hätten und dazwischen nichts geschehen wäre.

Den Tag verbrachten wir damit, das Anwesen und die umliegende Gegend zu erkunden. Die beiden hielten eine stattliche Anzahl Pferde, und so unternehmen wir am Nachmittag in strahlendem Sonnenschein eine Ausfahrt in einer antiquiert wirkenden zweispännigen Kutsche. Außer einige Streuhöfe konnte ich dabei keinerlei größere Ansiedelungen entdecken, die Gegend war so gut wie unbewohnt, völlig untypisch für das dicht besiedelte Land. Vor dem Abendessen zogen wir uns alle zum Ausruhen und Frischmachen zurück, doch Annika bat mich zuvor, mich für den Abend umzukleiden, ich werde das nötige vorfinden. Man esse um acht Uhr, so blieben noch zwei Stunden Zeit.

So legte ich meine Reisekleidung ab und streckte mich lang auf dem weichen Bett in meinem Zimmer aus. Die Anstrengungen der Reise und des Tages ließen mich bald in einen tiefen, traumlosen Schlaf fallen, und ich hätte wohl das Abendessen versäumt, hätte mich nicht ein Mädchen geweckt. Ich blickte an mir herunter und wäre am liebsten vor Scham in den Erdboden versunken, denn ich trug noch den Keuschheitsgürtel. Doch das Mädchen lächelte nur und half mir, mich für den

Abend umzukleiden. Eigentlich war es nur ein Kleidungsstück, das bereitlag, ein enges, meine Figur betonendes weißes Kleid, das fast bis zum Boden reichte. Ich sollte es direkt auf meiner Haut tragen, erklärte mir das Mädchen geduldig, und sie half mir, den engen etwas elastischen Stoff überzustreifen und auf der Rückseite zu verschließen. Der goldene Keuschheitsgürtel zeichnete sich bei genauem Hinsehen ab, meine Nippel waren deutlich sichtbar, und das Medaillon trug ich offen. Im letzten Moment fiel mir noch der kleine Schlüssel ein, er hing an einer Kette, die gerade lang genug war, als Armband getragen zu werden. Ich legte sie mir rasch um mein Handgelenk und folgte dann dem Mädchen in die große Halle des Hauses.

Im Kamin prasselte bereits ein angenehmes Feuer. Die beiden waren schon da, knieten aufrecht auf Kissen an einem niedrigen Tisch. Annika strahlte mich an und wies auf einen Platz an ihrer Seite. Ich setzte mich ein wenig unsicher auf die Fersen und versuchte eine anmutige aufrechte Haltung einzunehmen. Auch meine Gastgeber hatten sich umgezogen, Annika trug ein dunkles langes Kleid und Mark einen hellen Kimono ganz ähnlich dem, den er an unserem ersten Abend getragen hatte. Beide hatten Medaillons um ihren Hals gelegt, jedoch zu weit weg, um bei der gedämpften Beleuchtung etwas erkennen zu können. Im Hintergrund klang leise Musik, ungewöhnliche Klänge, die ich nicht genauer zuordnen konnte als „irgendwie asiatisch".

Das Mädchen servierte Tee und leichte Speisen, die Atmosphäre während des Essens war seltsam distanziert, es wurde kaum gesprochen. Mir fiel wieder die Förmlichkeit ein, mit der sie auch in unserer ersten

Nacht einige Rituale vollzogen hatten, spürte, dass der Abend noch irgendeine besondere Bedeutung haben würde. Schließlich war das Essen abserviert, die Beleuchtung wurde noch weiter gedämpft, der Widerschein des Feuers zeichnete sanfte Muster in unseren Gesichtern. Annika stand anmutig auf und sagte einfach: „Mark und ich lieben es, unsere gemeinsamen Abende unbekleidet zu verbringen." Mark war ihr behilflich das Kleid zu öffnen, dann legte auch er seinen Kimono ab. Beider Augenpaare ruhten nun auf mir. Mein Herz schlug wild, als ich aufstand und Mark ansprach – „kannst du mir bitte auch helfen?" Er trat hinter mich, öffnete das Kleid sachte und half mir, es über meinen Kopf abzustreifen. Seine Hand strich zärtlich über meinen Rücken, bevor er an seinen Platz zurückkehrte. Ich bebte.

Ich verlagerte mein Gewicht etwas auf das linke Bein, winkelte das rechte leicht an. Die rechte Hand locker auf meinem Oberschenkel, die linke unterhalb der linken Brust auf meinem Bauch, den Kopf leicht ins Profil gedreht. Die Nippel standen steif, es gab nichts, was ich dagegen hätte tun können. Die dünnen goldenen Bänder des Keuschheitsgürtels glänzten im Widerschein des Feuers, Annika lächelte, als sie den Gürtel sah. Sie trat auf mich zu, schaute mir ins Gesicht, bis ich den Blick senkte, griff meine Hand und hielt sie, strich dann meinen rechten Arm sachte hinunter, befühlte die feinen Bänder, fuhr mit den Fingerkuppen über das kleine Schloss und sagte schließlich anerkennend: „Was für ein schönes Stück, das du da mitgebracht hast. Es ist wohl die Antwort auf eine Frage, die wir dir nicht gestellt hätten." Sie lächelte weiter. „Ich hoffe doch sehr, dass nicht wir es sind, vor denen du dich schützen möchtest." – „Nein – Herrin", stammelte ich vollkommen aufgewühlt und lief rot an. Mit der eleganten Pose war es vorbei, ich nestelte an meinem Armband herum, bis es sich von meinem Handgelenk löste, reichte es ihr. Fast hätte ich den Satz nicht herausgebracht, den ich mir so lange zurechtgelegt hatte. „Darf ich dir den Schlüssel anvertrauen, Herrin, um mir beizustehen, meine Schwäche zu beherrschen?"

„Eine große Verantwortung, die du mir da auferlegst, Syl", gab sie kühl zurück. „Doch möchte ich dieses Amt nicht annehmen. Du solltest jetzt schon gelernt haben, dass es nur dein eigener Wille ist, der dein Handeln bestimmt." Damit trat sie an mich heran, öffnete das kleine Schloss und legte den Gürtel auf den niedrigen Tisch. „Ich werde dich vielleicht bitten, diesen Gürtel bei dem großen Fest zu tragen, das wir in ein paar Tagen hier geben werden. Viele unserer Freunde werden neugierig sein, so ein schönes Stück einmal an einem so außergewöhnlichen Körper wie deinem zu sehen." Ich wurde wieder rot, und gleichzeitig liefen mir kalte Schauer über den Rücken, als ich den Sinn ihrer Worte begriff. Vage Phantasien drängten sich in mein Bewusstsein, ich fühlte wieder einmal, wie mein Körper auf meine Angst reagierte. „Verdammt", dachte ich bei mir, „ich verpatze es schon am ersten Abend."

Beide setzten sich wieder, ich wollte es ihnen gleichtun, doch sie baten mich näher zu sich, nahmen mich in ihre Mitte. „Renato hat dir ja schon einiges erklärt", fuhr Annika übergangslos fort. Ich hatte jetzt Gelegenheit, ihr Medaillon aus der Nähe zu betrachten, eine Frau in kurzem Rock und Stiefeln, die sich auf ein fast mannshohes Schwert stützte. Marks Medaillon zeigte einen Jüngling, ein Knie gebeugt, doch ebenfalls ein Schwert an seiner Seite. Ich blickte hinüber zu Mark, er erwiderte meinen Blick mit dem liebenswürdigsten Lächeln. Was wussten die beiden noch alles, fragte ich mich. „Ein bemerkenswerter Meister", hörte ich mich zu meinem eigenen Erstaunen antworten, „der mir neben dem Feuer der Leidenschaft auch die Reize des Schmerzes näher brachte." Ich kämpfte damit, die Reaktionen meines Körpers einigermaßen unter Kontrolle zu halten. „Er hat mir auch die Freiheiten erklärt, die ihr anderen Meistern über meinen Körper einräumt." Ich hatte das wohl ziemlich hinausgeplatzt, denn die beiden schauten mich erstaunt, ja fast belustigt an. Es war diesmal Mark, der antwortete: „Und welche Bedeutung misst du dem zu, meine Liebe?" Ich biss mir auf die Lippe, denn mir wurde schlagartig klar, wie die Antwort lautete. „Es drückt euren Respekt vor meinen eigenen Wünschen aus, denn es sagt nur, dass ihr mir keine Bindungen auferlegt." Mark nickte und lächelte mir zu. „Du bist ein bemerkenswertes Mädchen, Syl", bemerkte Annika. „Ich denke, du hast das Wesentliche begriffen. Doch jetzt genug der Theorie", fügte sie lächelnd an. „Dieser Abend gehört euch beiden, ich werde mein Vergnügen darin finden, euch zuzusehen."

Damit setzte sie sich auf ihre Fersen, das Mädchen brachte eine brennende Wasserpfeife, Annika nahm sie in Empfang und placierte sie neben sich. Mark erhob sich kam auf mich zu und reichte mir die Hand. Ich zitterte vor Erregung, als er mich auf meine Beine zog und näher Richtung Feuer führte. Der Duft des aromatisierten Tabaks füllte die Luft, als Annika am Mundstück der Wasserpfeife zu saugen begann, ihre Augen auf uns gerichtet, ruhig und kühl. „Na, dir werden wir schon ein bisschen einheizen", dachte ich bei mir, als ich meine Arme aufrecht stehend um Marks Hals schlang. Wir bewegten uns eine Weile nur langsam zu den Klängen der merkwürdig kühlen Musik, genossen einfach die Nähe, die Berührung unserer Körper. Ich nahm ihn mit allen Sinnen in mich auf, hing wohl auch ein wenig den Erinnerungen an die Schiferien nach. Zwei Monate war das wohl schon her, eine kleine Ewigkeit, doch wie viel hatte sich für mich in dieser Zeit verändert?

Wir küssten uns erst zärtlich, dann immer leidenschaftlicher. Die Reaktion seines Körpers war bereits deutlich zu spüren, presste hart gegen meinen Bauch. Ich ließ von seinen Lippen ab und glitt langsam und geschmeidig seinen Körper entlang hinunter, die Hände so lange wie möglich um seinen Hals geschlungen, seinen Körper mit meinen Lippen erforschend. Sein Geruch veränderte sich, je näher ich seinem Bauch und dem herrlichen Lingam kam, der sich mir entgegenstreckte. Seine Eichel berührte erst meinen Hals, dann mein Kinn, meine Wange, als ich mich langsam annäherte. Ich war dankbar, dass auch seine Rasur makellos war.

Ich wollte jetzt meine Hände von seiner Brust nehmen und mich seinem Lingam zuwenden, doch da fühlte ich seinen sanften aber bestimmten Griff um meine Handgelenke. Ich ließ sie also, wo er sie haben wollte, und musste für meine Liebkosungen mit meinem Mund alleine auskommen. Ich begann also seine Eier zu lecken und auch ein wenig einzusaugen, was er mit einem wohligen Schaudern quittierte. Langsam leckte ich jetzt von unten seinen Schaft entlang, von der Wurzel beginnend, bis ich seine glänzende Eichel erreichte und mit meiner Zunge kreisend umspielte.

Während ich mich im hingebungsvollen Spiel mit seinem Lingam verlor, entdeckte ich, wie stark die empathische Verbindung zu ihm wirklich war. Es war, als ob durch seine Hände ein konstanter Strom von Energie in meinen Körper floss, seine Empfindungen und seinen Willen transportierte. Ich begann damit zu spielen, ließ mich darauf ein, mich immer wieder bis an die äußerste Kante seiner Lust vorzutasten, ohne ihn jedoch zu erlösen. Er stöhnte, doch ich spürte, dass auch er es genoss, dass er noch warten wollte. Ich vermutete, dass sie auch ihm eine ähnliche Übung der Keuschheit auferlegt hatte, zumindest empfand ich ihn in diesem Augenblick sehr leicht erregbar, ich hatte Mühe so sachte zu bleiben, dass er seine Ejakulation noch zurückhalten konnte.

Es war wiederum Annika, die dem Spiel eine neue Richtung gab, nachdem das Mädchen die Wasserpfeife weggeräumt und frischen Tee serviert hatte. Sie schickte die Kleine einfach zu uns, sie berührte mich sanft auf der Wange, lenkte meine Aufmerksamkeit auf die Herrin. Ich ließ also von Mark ab und wandte mich ihr zu. Ihre Wangen waren leicht gerötet, der weiche Glanz in ihren Augen verriet, dass sie die Szene nicht kalt gelassen hatte, doch sie hatte sich perfekt unter Kontrolle. Sie deutete auf die Kissen rund um ihren Platz. Mark folgte mir und legte sich bequem der Länge nach hin, in nächster Nähe zu seiner Gefährtin, die ihm sachte das Haar aus der Stirn strich. Mit einer einladenden Geste deutete sie auf seinen Pfahl, der sich steil in die Luft reckte. Ich kniete also über Mark nieder, mein Gesicht zu seinem, und senkte mein Becken langsam ab. Mühelos nahm ich ihn ganz in mich auf. Annika kniete seitlich, konnte mir direkt ins Gesicht sehen. Sie nahm nun beide Hände in die ihren, und ich fühlte plötzlich auch ihren Willen, ihre Energie fließen. Ich öffnete mich bereitwillig den Empfindungen und folgte den Bitten, die sie damit zum Ausdruck brachte. Nach ihrem Willen begann ich mich auf Mark zu bewegen, seine Präsenz nicht nur auf der physischen Ebene spürend. Seine Frau liebte ihn, ich war nur das Instrument. Es ist unmöglich zu beschreiben, was die Intensität dieses Augenblickes in mir auslöste, eine Art Glücksrausch, der erst allmählich in eine Serie von intensiver werdenden Orgasmen mündete. Irgendwann ließ ihre intensive Führung nach, hörte dann ganz auf. Als ich mich ein wenig unsicher von Mark erhob, spürte ich Unmengen von Sperma aus mir auslaufen, über meine Schenkel hinunter tropfen, die klebrige Nässe in mir. Die Ebenen wechselten wieder, ich schaute erst zu ihm, dann zu ihr, sie hatten beide den Ausdruck vollkommener Glückseligkeit auf ihren Gesichtern.

„Aber was ist nun mit dir, Annika?", fragte ich eine lange Weile später, wir hatten alle drei Teetassen in den Händen. Sie war diejenige gewesen, die heute nur Regie geführt hatte. Sie tauschte einen langen Blick mit Mark aus, der sich erhob, uns beiden knapp eine gute Nacht wünschte und uns verließ. Annikas Augen wandten sich mir zu, teilten mir ihren Willen ohne Worte mit. Bald schon kniete ich über ihr, ganz Dienerin jetzt, meine Hände, meine Lippen, meine Zunge willige Werkzeuge der Lust, ihrer Lust, der Lust der Herrin. Irgendwann bemerkte ich, dass das Mädchen still in einer Ecke kniete, ihre Augen starr auf uns beide gerichtet, ihre Hände fest in ihren Schoß gepresst. „Armes Ding", dachte ich bei mir, bevor Annika meine Aufmerksamkeit wieder für sich beanspruchte.

Durch die großen Scheiben der Halle dämmerte bereits der Morgen, als wir erschöpft voneinander abließen. Ich bettete den Kopf der Herrin in meinen Schoß und hing meinen Gedanken nach, während sie völlig entspannt schlief, von meinen Armen locker umfangen, wir beide immer noch vollkommen nackt.

Irgendwann musste ich auch eingeschlafen sein, denn als ich am Morgen erwachte, lagen wir beide nebeneinander in der großen Halle, bis zum Hals zugedeckt mit warmen Wolldecken. Annika erwachte ziemlich gleichzeitig mit mir und schenkte mir ihr bezauberndes Lächeln. „Guten Morgen, Syl", sagte sie und drückte kurz meine Hand. „Ich denke, das Frühstück wird in einer Stunde fertig sein. Zeit, sich frisch zu machen." Annika nickte mir knapp zu und zog sich zurück. Das Mädchen kam ohne jede Scheu und geleitete mich zu einem Badezimmer in der Nähe meines Schlafraumes, nackt wie ich war. Sie bereitete mir ein angenehm temperiertes Bad, ließ mich eine Weile mit einen aufgewühlten Gefühlen allein und assistierte mir dann, meine Haare zu waschen, zu trocknen und zu bürsten und das bereits bereitliegende frische Gewand anzulegen. Weiße Baumwollunterwäsche, Seidenstrümpfe, ein knielanger weiter Rock, eine bequeme Bluse, dazu eine schicke Jacke, alles passte perfekt. Ich schlüpfte in die flachen Pumps und folgte dem Mädchen in die Wohnküche, wo mich der Duft nach gebratenem Speck und Eiern an meinen Hunger erinnerte.

Lust und Schmerz

„Hast du uns etwas zu erzählen, Syl?" Die Frage Annikas stand plötzlich im Raum. Ich hatte schon so etwas erwartet, denn die Kleidung für den heutigen Abend war mehr als nur ungewöhnlich gewesen. Ich trug ein enges Korsett – das Mädchen hatte sich alle Mühe gegeben, es richtig zu schnüren – ein Lederhalsband und leichte Metallmanschetten um Handgelenke und Knöchel. Dazu extrem hohe schwarze Schuhe. Meine Brüste wurden vom Korsett gehoben und nach vorn gedrückt, meine Scham war ganz frei, es gab nichts, womit ich mich hätte bedecken können.

Ich durchlebte die Geschichte noch einmal vor meinem geistigen Auge, als ich sie ziemlich wirr und zusammenhanglos erzählte: Am Vormittag war ich auf meinem Weg durch das Haus auf eine halb offene Türe aufmerksam geworden, hinter der ich ein leises Stöhnen zu vernehmen glaubte. Ich blickte vorsichtig hinein und sah das Mädchen auf einem Bett liegen, den Rock ihrer Livree hochgeschoben, den Slip bis zu den Knien heruntergezogen, und in intensivem Spiel mit sich selbst versunken. In einer Hand hielt sie einen kleinen Vibrator, der leise surrte.

Meine Neugier war zu groß, also trat ich leise an sie heran und berührte sie an ihrer Schulter. Da sie die Augen geschlossen hatte, hatte sie mich nicht kommen sehen und erschrak mächtig. Sie versuchte sich hastig wieder zu justieren, doch ich hinderte sie daran. „Du bist doch noch gar nicht fertig", lächelte ich ihr spöttisch zu. Die kleine starrte mich angstvoll an. „Du hast uns auch gestern Nacht beobachtet", sagte ich eher beiläufig zu ihr, was ihre Augen vor Schreck noch weiter aufgehen ließ. „Verratet mich nicht, Herrin" – der Ton in ihrer Stimme war flehend. Ich runzelte die Stirn – wovor hatte sie dann gar solche Angst? – „ich werde auch alles tun, was ihr verlangt." Ich gestehe, ich konnte der Versuchung nicht widerstehen, die Situation ein wenig auszunützen. Ich schloss rasch die Türe, blickte mich in dem kleinen Raum ein wenig um. In der halb offen stehenden Lade fand ich einen kleinen Vorrat an nützlichen Dingen, und so hatte ich rasch ihre Handgelenke gefesselt und am Rahmen des schichten Eisenbettes angebunden. Ich öffnete ihre Bluse, ihre kleinen mädchenhaften Brüste lagen frei vor mir. Rasch hatte ich ihr zwei Brustklammern gesetzt, dann nahm ich den Vibrator, mit dem sie gespielt hatte, und fickte sie damit mit all meiner Erfahrung durch, dass ihr Hören und Sehen verging. In ihren letzten Höhepunkt hinein nahm ich ihr rasch die Brustklammern ab, der durch das einschießende Blut verursachte plötzliche Schmerz ließ sie unterdrückt aufschreien, während sie sich unter meiner kundigen Behandlung vor Lust wand. Rasch war sie wieder losgebunden, und mit einem flüchtig gehauchten „Danke, Herrin" hatte sie sich auch schon wieder zurechtgemacht und war flink in Richtung Küche verschwunden.

Annika war beeindruckend gekleidet. Ein schwarzer Rock aus Leder, ein passendes schwarzes Top, Handschuhe bis zu den Ellbogen, und Stiefel bis über die Knie, alles in schwarz. Mark trug enge schwarze Lederhosen und eine ärmellose Jacke mit Nieteneinfassung über seiner bloßen Haut. „Und worum bittest du jetzt, Syl?" Ihr Ton war kalt und schneidend, Mark starrte unverwandt durch mich hindurch. „Ich bitte euch, mich zu bestrafen", quetschte ich heraus und warf mich zu Annikas Füßen auf den Boden. Eine Weile war es totenstill im Raum. „Gut, wir werden deiner Bitte nachkommen", sagte sie schließlich. „Folge mir, auf allen Vieren." Sie wandte sich ab und schritt entschlossen voran, Arm in Arm mit Mark. Sie kümmerte sich nicht darum, ob ich den beiden nachkam, so rappelte ich mich hastig auf meine Knie und beeilte mich ihnen zu folgen. Der kalte Steinfußboden schmerzte unangenehm, als ich ihnen durch dunkle Korridore in einen der hinteren Trakte des Herrenhauses folgte. Schließlich fand ich mich wieder in einem schwarz dekorierten Raum, der von rötlich flackernden Lampen nur spärlich erleuchtet wurde.

„Sieh dich nur um", sagte Annika leichthin. Als ich daraufhin versuchte mich aufzurichten, berührte mich eine Gerte, die sie plötzlich in der Hand hielt, sacht auf meinem Rücken. „Von Aufstehen hat niemand etwas gesagt. Achte auf dein Verhalten, Syl, das nächste Mal wirst du sonst Schmerz erfahren." Ich krabbelte also einmal die Runde durch den Raum und starrte auf Andreaskreuz, Pranger, einen Käfig, Ketten und Ringe, die von Wänden und Decken hingen und ein schier unerschöpfliches Repertoire an Peitschen, Paddeln, Gerten und anderen Werkzeugen. In der Mitte des Raumes eine Bank mit einem Rad daran, dessen Funktion mir damals nicht klar war. Was mich aber noch mehr erschreckte: In einer Ecke des Raumes stand das Mädchen, ebenfalls ganz in Leder gekleidet, mit einer Maske über ihre Augen. Ich wagte es nicht sie anzusehen. So wie sie gekleidet war, war sie wohl als Anklägerin da, nicht als Mittäterin. Ich begann zu zittern.

Mark griff mein Halsband, beugte sich zu mir herunter, tätschelte meine Wange. „Die Regeln, die wir aufgestellt haben, gelten auch hier. Du wirst nicht verletzt werden." Dann beugte er sich ganz an mein Ohr herunter und flüsterte: „Lass dich fallen und genieße. Jeder Widerstand wird sich nur gegen dich selber richten." Ich war vollends verwirrt, verstand gar nichts mehr. Ich sollte bestraft werden, aber genießen?

„Ans Kreuz bitte." Annika beherrschte die Szene klar. Das Mädchen übernahm mein Halsband von Mark und zog mich rasch und geschickt Richtung Andreaskreuz. Ich konnte die Situation nicht einschätzen und folgte daher einfach ihren Anweisungen. Rasch stand ich mit dem Rücken in breiter Grätsche da, die dekorativen Metallschellen waren durch breite Ledermanschetten ersetzt, und ich stand mit nahezu keiner Bewegungsfreiheit rücklings am Kreuz. Und natürlich – ich hasste mich mittlerweile selbst dafür – war ich schon wieder feucht. Angst und Ausgeliefertsein taten das mit mir. „Nun Britt" – das war wohl der Name des Mädchens – „zeig uns was du gelernt hast. Lass dich dabei davon leiten, was sie dir angetan hat." Der Schreck fuhr mir in die Glieder, alles hätte ich erwartet, aber dass sie ihr freie Hand ließen?

Sie ging methodisch vor, griff zielsicher nach meinen Brustwarzen, rollte sie zwischen ihren Fingern, zwirbelte sie ein wenig. Unter der Maske sahen mich ihre Augen voll an, ich konnte ihren Ausdruck nicht deuten. Dann kam sie mit zwei Brustklammern, an denen Gewichte befestigt waren. Rasch ließ sie die erste auf meinen linken Nippel schnappen, hielt das Gewicht noch in der Hand. Sie ließ mir ein wenig Zeit die Luft wieder auszuatmen, die ich vor lauter Schreck eingesogen hatte, und ließ dann das Gewicht langsam los. Das Gefühl war anders, als ich erwartet hatte, kein beißender Schmerz, sondern ein dumpfes Ziehen, das sich bald aus dem Bewusstsein in den Kanon der anderen wild einströmenden Gefühle einordnete. Sie wiederholte die Prozedur an meinem anderen Nippel, doch diesmal ließ sie das Gewicht plötzlich fallen. Der punktuelle Schmerz pochte dumpf nach, ich hatte unwillkürlich laut aufgestöhnt, als der Stich mir durch den ganzen Körper gefahren war.

Was dann kam, überstieg alles, was ich mir hätte vorstellen können. Sie nahm eine lange Pfauenfeder in ihre Hand und begann, mich damit methodisch zu berühren. Foltern, hätte man auch sagen können. Sehr rasch lernte ich, dass es viel subtilere Qualen gab als Schmerz. Ich krümmte mich, so weit es eben auf dem Kreuz ging, doch jede Bewegung verursachte Schmerzen an den Manschetten. Dazu kam das Gefühl der absoluten Hilflosigkeit, des vollkommenen Ausgeliefertseins. Meine Yoni ging bereits über, doch mein Verstand war ohnehin abgelenkt. „Genieße es, jeder Widerstand wird sich gegen dich selber richten" – diese Worte Marks klangen in meinem Kopf nach. Was hatte ich schon zu verlieren? Ich richtete meinen Blick instinktiv auf einen Punkt gerade vor mir, versuchte meinen Verstand zu leeren und mich vollkommen zu entspannen. Meinen Atem zu kontrollieren. Es war schwer, unendlich schwer, denn Britt schenkte mir kaum eine Atempause. Doch schließlich, nach vielleicht zehn oder fünfzehn Minuten Kampf, so schien es mir wenigstens, hatte ich mich einigermaßen unter Kontrolle. Von da an war es unbeschreiblich schön und intensiv. Ich war knapp an einem Höhepunkt, als Britt bemerkte, wo sie mich hatte, und plötzlich mit der Feder aufhörte.

Deprivation. Eine andere Form subtiler Qual. Das dumpfe Ziehen der Gewichte war plötzlich meine einzige sensorische Wahrnehmung, denn auf einmal hatte ich eine Augenbinde um. Es war absolut still im Raum, die Stoffbespannungen an den Wänden sorgten offenbar ausreichend dafür, dass der geringe Geräuschpegel der anwesenden Menschen absorbiert wurde. Ich verlor jegliches Zeitgefühl – Der sachte Schlag, der mich plötzlich quer über meinen Oberschenkel traf, war da fast eine Wohltat. Dennoch konnte ich einen lauten Aufschrei nicht verhindern. Renato kam mir wieder in Erinnerung, der mich mit dieser Form lustvoller Empfindung zuerst bekannt gemacht hatte. Die rhythmischen sanften Schläge erzeugten bald ein konstantes Schmerzmuster, die Empfindung passte sich dem an, filterte die Nervenimpulse so weit weg, dass sie erträglich blieben.

Wieder eine Weile nichts. Meine Haut glühte leicht, und ich fühlte plötzlich wieder, wie ich zwischen den Beinen tropfte. Mein Schleim hatte schon meine Oberschenkel erreicht und benetzt, löste ein unangenehm klebrig-nasses Gefühl aus.

Wieder die Feder. Ich quietsche laut auf, als mich die ersten Berührungen in der Armbeuge unvorbereitet trafen. Sie quälte mich diesmal gezielter, konzentrierte sich auf die empfindlichsten Stellen. Die Achselhöhlen, die Handgelenke, den Hals. Ich suchte wieder den Punkt in der Ferne, es fiel mir schon leichter als beim ersten Mal, mich ganz zu öffnen, den intensiven Reizen hinzugeben. Sie war mittlerweile an meinen Zehen angelangt, ich keuchte schwer; als sie sich nach meinen Kniekehlen meiner offenen Yoni zuwandte. Ich begann gepresst zu schreien, als sie mich wieder an den Rand des Höhepunkts trieb, wieder im allerletzten Augenblick stoppte …

Ich verlor das Gefühl für Zeit und Raum. Die nächste Serie der leichten Schläge, sie musste eine Gerte benutzen, drang kaum noch in mein Bewusstsein. Wellen der Lust, Orgasmen ähnlich, zuckten durch meinen angespannten Körper, verschafften mir aber keine Befriedigung. In immer rascher werdender Folge wechselte sie jetzt die süßen Qualen, die Schläge und die teuflischen Berührungen flossen immer mehr ineinander zu einem intensiven Reigen …

Vollends von der Rolle kippte mich aber, was dann geschah. Etwas bohrte sich tief in meine Yoni, begann leicht zu vibrieren. Doch da war noch etwas – wie kleine Blitze, kleine Entladungen, tief in mir drinnen. „Genieße es, jeder Widerstand wird sich gegen dich selber richten" – diesmal war es leicht, die Grenzen aufzugeben. Mein ohnehin schon überreizter Körper begann unkontrollierbar zu zucken, ich begann zu keuchen, schwer hing mein Gewicht an meinen Armen, als mir die Knie weich wurden. Das Vibrieren, die Pulse, die langsamen Bewegungen wurden immer intensiver, und als ich glaubte, bereits an den Grenzen des Erträglichen angelangt zu sein, nahm sie mir ohne Vorwarnung rasch die beiden Brustklammern ab. Ich musste schreien, schreien, schreien …

Schweißüberströmt, mit klatschnassen Haaren, zitternd stand ich da, nachdem sie mich vom Kreuz befreit hatte. Mark hatte ihr helfen müssen, mich aufzufangen, sie befreite mich rasch von dem engen Korsett, ich stand barfuß, die hohen Schuhe hatte ich verloren …

„Herrin", Britts Stimme war laut und deutlich, „ich denke, die Behandlung war angemessen." Annika nickte: „Du bist ein kluges Mädchen. Du kannst jetzt gehen, hast heute und morgen frei." Sie verneigte sich und knickste vor Annika, verließ dann den Raum.

Mark legte mir einen Morgenmantel über die Schultern. Ich fühlte mich plötzlich klein, schwach und schutzbedürftig. „Habt ihr mir jetzt verziehen, Herrin, Herr?" – unsicher blickte ich zu ihr hinüber. „Syl" – Annika sah mich aufmunternd an, mit spöttischem, amüsiertem Blick. „Komm mit uns, trinken wir etwas, und ich bin überzeugt, du wirst es rasch selber verstehen." Sie hakte sich bei mir ein und führte mich zurück in die große Halle, Mark hinter uns. Frischer Tee stand auf dem Tisch, Annika schenkte uns selbst ein, Britt hatte ja bereits frei. „Mädchen, kannst du uns eigentlich erklären, wofür wir dich hätten bestrafen sollen?" Mein Verstand schlug Purzelbäume. Die Inszenierung – das Mädchen – ihre Bitte sie nicht zu verraten – die spezielle Kleidung – die kühle Stimmung des Abends? Ich begann zu erröten und zu stottern: „Ich – äh – nein, ich weiß es eigentlich nicht, Herrin." Sie prusteten beide vor Lachen, als sie diese Antwort hörten. Als Annika sich einigermaßen gefangen hatte, sprudelte es aus ihr heraus: „Kindchen, und woher sollten wir das dann wissen?" Schlagartig wurde mir die ganze Sache klar. Hier war einfach ein Problem inszeniert worden, wo keines war. Warum sollte in so einem offenen Haus gerade Britt nicht masturbieren dürfen? Oder ich nicht mit ihr spielen, wenn es beide wollten? Und die Frage, warum sie mich dann überhaupt bestraft hatten, wurde mir auch schlagartig klar: Ich selbst hatte sie ja darum gebeten, es wurden keinerlei Begründungen genannt. Wider Willen musste ich auch lachen. „Ich sehe, du hast es kapiert, mein Mädchen, und ich hoffe, Britt hat es so gemacht, wie du es dir erträumt hast. Sie hat jedenfalls ihr ganzes Herz hineingelegt, weil sie dich so gern mag." Ich war wie erschlagen über meine eigene Naivität und darüber, wie leicht ich mich selber aufs Glatteis geführt hatte. Anders konnte man das wirklich nicht formulieren, es hatte bis auf ein bisschen Dekor sonst niemand etwas dazu getan.

„Ich werde bis morgen Abend keusch bleiben", sagte ich lachend zu den beiden, „als Sühne für mich selbst für meine Dummheit." „Wenn es dir hilft, Mädchen", lächelte Annika und wandte sich Mark zu. Wir beide kommen vor lauter Syl ohnehin schon gar nicht mehr zum Ficken, was Mark?" Damit wandte sie sich ihrem Mann zu, schenkte ihm demonstrativ ihre volle Aufmerksamkeit, legte ihm ihre Arme um den Hals und begann ihn weltvergessen zu küssen.

Ich ärgerte mich über mich selbst, aber ich konnte natürlich nicht mehr zurück. Wer hatte mich schließlich darum gebeten, mich selbst aus dem Spiel zu nehmen? Dumme Kuh. „Gute Nacht ihr beiden", flötete ich honigsüß und zog mich auf mein Zimmer zurück. Und musste mich trotz meiner schmerzenden Yoni sehr zurückhalten, bei der Vorstellung von Annika in Marks Armen nicht noch vor dem Einschlafen zu wichsen. Stolz und Aufrichtigkeit fängt bei sich selber an, dachte ich bei mir, ich würde nicht beginnen mich selbst zu belügen.

Verstrickungen

Es war früher Morgen, vielleicht sieben Uhr. Ich lief langsam, mein gleichmäßiger Atem machte in der kühlen Luft kleine Dampfwölkchen. Endlos streckte sich das Grasland ringsum bis zum Horizont, ich war allein, nur ein paar Pferde grasten, schauten mich aus großen Augen gleichgültig an. Der Kopf war leer, nach einer halben Stunde waren die wirren Gedankensplitter endlich weg. Reine Körperlichkeit. Atem, Herzschlag, die federnden Schritte. Der Wind im Haar, Stille.

Am Deich angekommen, setzte ich mich auf die seeseitige Böschung auf einen Flecken Gras, der schon von der Morgensonne beschienen war und daher einigermaßen trocken. Ich schlang meine Arme um meine Knie, blickte auf die See. Zeit, die Gedanken und Gefühle zu ordnen.

Mark. Typisch, er war der erste, der mir einfiel. Mein Herz klopfte schneller, sobald ich nur an ihn dachte. So sehr ich mich dafür selbst hasste: ich war verliebt. Bis über beide Ohren verliebt in diesen Mann. Dabei gab es nur ein Problem: Er war Annikas Mann. Oder Freund. Oder Lebenspartner. Wie ich es auch drehte und wendete: was machte das für einen Unterschied? Annika konnte einmal mit den Fingern schnippen, und ich benahm mich wie ihr Schoßhündchen. Herrin – pah. Sylvia, meldete sich eine dünne Stimme zu Wort – Sylvia, wer nennt sie andauernd Herrin? Wann hat sie das je von dir verlangt? – Danke. Ich vergrub mein Gesicht in meinen Händen.

Britt. Als ob nicht so schon alles kompliziert genug wäre. Aber war nicht Britt Annikas Geschöpf? So wie auch Mark? Es führte alles wieder hin zu Annika. Der

Herrin. Ich vermeinte die innere Stimme spöttisch lachen zu hören, und das Lachen hatte verdammt viel Ähnlichkeit mit Martinas Lachen. Martina, meine treue Freundin. Wie ein kleines Mädchen schloss ich ganz fest die Augen und wünschte sie mir her. Doch als ich sie wieder öffnete, war da das gleiche graue Meer wie zuvor. Eine Möwe kreischte, schoss auf das Wasser hinunter, stieg wieder auf mit einem Stück Futter im Schnabel. Ich beneidete sie.

Meine Finger spielten an dem Medaillon. Plötzlich – keine Ahnung, wie das geschehen war – hielt ich es in Händen. Der geheimnisvolle Verschluss war offen. Ich war schon versucht, ihn probeweise wieder zu schließen – doch halt, was wenn er nicht mehr aufging? Wie konnte ich Annika erklären, dass … Verdammt! Ich wollte Annika überhaupt nichts mehr erklären. Ich würde sofort abreisen und die ganze Sache vergessen. Dieses vermaledeite Ding war Schuld an allem, ich würde es jetzt auf der Stelle los werden. Ich nahm es fest in eine Hand und setzte an, es in weitem Bogen in die See zu schleudern …

Flashback. Ich lag auf Renatos Bett, die Arme und Beine gefesselt, und wartete auf die Schläge der Gerte. Keuchend und geil. – Flash – im Zug, den Keuschheitsgürtel eng an meine Haut geschmiegt, das Ziehen und die Feuchtigkeit in dem Bewusstsein genießend, mir keine Befriedigung verschaffen zu können – Flash – die erste Nacht, in Annikas Armen liegend und Mark empfangend …

Ich ließ den Arm sinken. Blickte an mir herunter, auf meiner dünnen hellen Jogginghose breitete sich ein dunkler feuchter Fleck aus. Scheiße. Scheiße – Scheiße – Scheiße.

Nur diesen Urlaub noch. Ja, das war die Lösung. Nur diesen Urlaub noch, das waren – ich nahm die Finger zu Hilfe, zu keinem klaren Gedanken fähig – das waren noch fünf Tage. Warum sollte ich es nicht genießen, wem schadete ich damit? Und dann, wenn ich wieder zu Hause war, fast tausend Kilometer entfernt, dann würde ich das Medaillon endgültig los werden, die Sache abhaken wie einen Urlaubsflirt, mich wieder auf meine Arbeit und meinen Sport konzentrieren, wieder mit Martina fortgehen, die schnellen unverbindlichen Ficks genießen … Ja, das würde ich. Ich legte mir die Kette also wieder um den Hals, leicht rastete der Verschluss wieder ein, und stand auf. Martinas spöttisches Lachen klang in meinem Kopf nach. Ging langsam den langen Weg zum Herrenhaus zurück, vielleicht würde ja meine Hose bis dahin einigermaßen getrocknet sein.

Annika kam mir im Flur entgegen, als ich das Haus endlich erreicht hatte. „Guten Morgen, Herrin", sagte ich mechanisch und wollte an ihr vorbei, nur rasch in mein Zimmer und unter die Dusche. Doch ihre Hand fasste mich am Handgelenk. Ich hatte keine Kraft, mich ihr zu widersetzen, kurze Zeit später saß ich in der Küche bei einer Tasse dampfendem Kakao. „Syl, das geht vorbei", sagte sie in warmem, mitfühlendem Tonfall zu mir. So als ob sie wüsste, welche Gedanken mich plagten. „Gönn dir ein bisschen Auszeit, wir werden dich die nächsten beiden Abende in Ruhe lassen. Vielleicht möchtest du ja zum Pferdestall schauen, Patrick kann dir vielleicht ein bisschen reiten beibringen." Ich lächelte schwach. „Danke, Herrin, das ist sehr liebenswürdig", brachte ich gerade so heraus. „Aber freu dich nicht zu früh, Patrick ist schwul", setzte sie nach und strich mir über Haar und Wange. Die Berührung ging mir schon wieder durch und durch, warum bloß? „Aber jetzt husch austrinken und dann ab in die Dusche." Sie schubste mich vom Barhocker und aus der Küche. „Sonst vertrödeln wir hier noch den ganzen Tag. Und sei brav, in ein paar Tagen brauche ich dich dann wieder." Sie zwinkerte mir lachend zu.

Ich hielt brav durch. Den ganzen langen Tag über und auch den nächsten. Da es Nachmittag zu regnen begann, bot mir Annika an, den Fitnessraum des Hauses und danach die Sauna zu benutzen. Britt war mir behilflich, doch sie sprach kaum ein unnötiges Wort. Es war schon später Abend, als ich frisch geduscht und geföhnt, eingewickelt in einen frischen flauschigen Morgenmantel, in Richtung meines Zimmers ging, mit nichts als dem Gedanken an Schlaf im Kopf. Als ich an der großen Halle vorbeikam, stutzte ich. Ein schwacher Lichtschein fiel auf den Flur, und ich vermeinte einen schwachen süßlichen Geruch wahrzunehmen. Ich spähte durch die Türe – und mein Herz machte einen Luftsprung. Mark saß da, allein, in seinem Kimono, und rauchte. Sein Blick in die Ferne gerichtet, die Augen ein wenig glasig. Eine Weile stand ich da, unfähig mich zu bewegen. Dann ging ich ganz langsam und leise auf ihn zu. Er nickte mir nur zu und lächelte, und das Lächeln drang mitten in mein Herz. Er rückte in dem breiten Sessel ein wenig zur Seite, bot mir Platz neben sich an. Ich setzte mich, schmiegte mich eng an ihn. Nahm einen tiefen Zug, als er mir das Mundstück einfach hinhielt. Und noch einen. Wir rauchten gemeinsam. Ein tiefe innere Ruhe erfüllte mich, als meine Pupillen weit wurden, der Blick ein wenig unstet. Ich konnte mein eigenes Blut in meinen Adern zirkulieren hören.

Wir wandten uns einander zu, nahezu synchron. Es brauchte keine Worte, unsere Lippen berührten sich, ein langer und inniger Kuss. Meine Arme um seinen Hals, die seinen an meinen Seiten.

Einander erforschen. Vorsichtig, innig, nach außen sachte, innerlich erfüllt vom lodernden Feuer. Atmen, beben, einfach sein – gemeinsam, synchron, im Einklang.

Es war natürlich, dass er aufstand, mich mit sich zog, zu jenem hinteren Teil der Halle, in dem ein paar Matten auf dem Boden lagen, ein paar Kissen und Decken scheinbar planlos verteilt waren. Natürlich, dass mein Morgenmantel von meinen Schultern glitt, natürlich, dass ich nackt vor ihm stand. Langsam den Gürtel seines Kimonos öffnete, den über seine Schultern abstreifte, mich vor ihn kniete und ihn von seiner Hose befreite. Wir legten uns hin, seitlich, ein Knie nach vorne abgewinkelt, der Kopf des einen auf dem Schenkel des jeweils anderen ruhend.

Langsam, unendlich langsam, tasten, liebkosen. Mit Händen, Fingerspitzen, Nase, Mund und Zunge. Fühlen, die Berührungen des anderen spüren. Forscher werden, riechen, lecken, kosten. Unendlich langsam, einander hinführen da, wo die Glut ist, noch dunkelrot. Beben und seufzen vor Lust. Lust auf mehr. Die Glut anfachen, saugen, lecken, streicheln. Auf einander warten, zulassen, sich öffnen. Die eigene Geilheit erwachen spüren, die Vibrationen des anderen fühlen. Schneller atmen, die Wogen durch den Körper rollen spüren, schwach erst, Ebbe, die zur Flut wird. Zeit lassen, nur nicht zu hastig, den Augenblick festhalten. Sparsam sein. Gerade dadurch immer geiler werden. Die Spannung spüren, das Zittern, das Vibrieren. Salziger Geschmack im Mund, schmecken, riechen, schlucken, mitten in der Woge des Orgasmus, die sich mit der Lust des Partners

*durchdringt. Keuchend liegen bleiben, Minuten, die wie
Stunden sind.*

Wir wandten uns einander zu, schlossen einander in die
Arme. Die Lippen suchten und fanden einander, der
fremde Geschmack mischte sich mit dem eigenen auf
den fremden Lippen. Eng schmiegten sich die Körper
aneinander, noch erschöpft vom ersten Höhepunkt,
doch bereits wieder getrieben von Lust und Gier. Sachte rollte er mich auf meinen Rücken, blieb eng an mir,
ich machte instinktiv die Beine breit, empfing ihn in
meiner heißen feuchten Yoni.

*Dehnung. Penetration. Der Augenblick des Nachgebens,
Weichwerdens. Tief dringt der Lingam in die Yoni, die
Eichel öffnet sie, dehnt sie auf, gleitet sachte über die
feuchten Wände. Reibt sich an ihnen, sanft wie die
ersten Stöße. Die Dehnung lässt nach, auch die Seele
öffnet sich. Die Grenze ist überschritten, er ist in mir.
Die Wellen der Lust breiten sich aus dem tiefen Inneren
heraus aus ...*

Irgendetwas war heute anders, intensiver. Das Ziehen
war stärker, die Brüste spannten ganz leicht. Ich hielt
mich fest an ihm, klammerte mich Halt suchend um
seinen Leib. Seine Stöße wurden schneller, leidenschaftlicher. Das Tier in ihm erwachte, schien ihn vo-
ranzutreiben. Er war gefangen in seinem eigenen
Rhythmus, weit weg und doch so nah, innerhalb meines Körpers. Ich spürte, wie die leichten Kontraktionen
begannen.

*Loslassen. Zulassen. Den Rhythmus aufnehmen, ver-
stärken, ihm widerspiegeln. Dem Drängen nachgeben,
das Becken zu heben, ihm entgegen zu stoßen. Die
Anspannung spüren, die Spannung seiner Muskeln. Das*

Lingam anschwellen spüren, die eigene Geilheit zulassen, sich überrollen lassen von der eigenen Lust. Harte, fordernde Stöße, dann die heiße klebrige Flüssigkeit spüren. Randvoll. Die eigene Lust zulassen, den Geliebten spüren, Subjekt und Objekt der Begierde zugleich sein …

Dazwischen bekamen wir Durst. Wir tappten nackt in die Küche, holten Wasser und Wein, tranken im Übermaß. Liebten uns weiter, als ob es kein Morgen gäbe. Schliefen schließlich erschöpft ein auf der Matte, nackt, eng umschlungen, unschuldig wie Kinder.

Als wir erwachten, saß Annika neben uns, ganz Milch und Honig im Ausdruck. Ihr Lächeln hatte einen Hauch des Leidens in sich, wie eine Vorahnung. Sie küsste erst Mark, dann mich auf den Mund. Mich durchlief ein eisiger Schauder. Ich wollte den Mund schon öffnen, zu allerhand Erklärungen ansetzen, doch sie legte mir den Finger auf die Lippen. „Steh dazu, Mädchen, halt den Rücken gerade, verlier nicht die Selbstachtung." Wir blickten beide etwas verlegen zu Boden, schickten uns an, unsere Kleidung zu suchen, doch sie hob die Hand. „Lasst uns gemeinsam frühstücken", sagte sie lächelnd und streifte auch ihren Morgenmantel ab. „Britt?". Ich hatte gar nicht bemerkt, dass das Mädchen auch in den Raum gekommen war. „Wir nehmen das Frühstück hier."

Wir knieten uns rund um einen der niedrigen Tische, die in diesem Teil der Halle standen, bald standen Kaffee, Tee und duftende Croissants auf dem Tisch. Annika reichte uns beiden die Hände, ich schloss mit Mark den Kreis. Ihre Kraft schien unendlich, es war, als würde sie die Liebe zwischen Mark und mir in unseren Bund mit einschließen, zu einem Teil des Kreises machen. Als wir losließen, konnte ich die Anstrengung einen kurzen Moment in ihren Augen ablesen, bevor sie sich wieder unter Kontrolle hatte. Wir frühstückten schweigend, doch es war eine angenehme Stille, die einschloss, nicht ausschloss. Die gemeinsame Nacktheit trug viel bei zu diesem Gefühl der Intimität, das uns ohne Worte wärmte.

Diesmal war es an mir, Annika in meinen Armen zu halten. Es war einer der seltenen Augenblicke, in denen ich erleben durfte, wie sie sich ganz fallen ließ. Ich Körper war weich, nachgiebig, als sie sich den Liebkosungen ihres Gefährten hingab. Ich kann meine Gefühle kaum beschreiben, als der Mann, den ich liebte, die Frau, die ich liebte und in meinen Armen hielt, zu immer neuen Gipfeln der Lust führte, sich schließlich endlos lange, quälend langsam mit ihr vereinigte, sich in ihren Schoß ergoss, keuchend auf ihr liegen blieb. Wir streichelten beide seinen Kopf, bis sich der Knoten langsam löste, die Spannung aus der Situation abgebaut war. Plötzlich war uns die gemeinsame Nacktheit unangenehm, wir griffen alle drei etwas linkisch nach unseren spärlichen Kleidern, lächelten einander noch einmal zu und zogen uns in unsere Zimmer zurück.

Draußen regnete es. Einem plötzlichen Impuls folgend, warf ich meinen Morgenmantel wieder ab, öffnete die Tür meines Zimmers in den Garten und lief hinaus in den Regen. Breitete die Arme aus, ließ das eiskalte Wasser auf Haut und Haare prasseln. Binnen kurzem war ich klatschnass, das Gras eiskalt an meinen nackten Füßen. Ich achtete nicht darauf, ließ das Wasser an mir abperlen, legte den Kopf in den Nacken, versuchte davon zu trinken. Tanzte selbstvergessen durch den Garten. Wollte meinen Körper in jeder Faser spüren.

Wasser, Wind, Kälte an meiner Haut. Es tat gut, unglaublich gut. Als ich schließlich wieder ins Zimmer kam, spürte ich erst, dass ich vor Kälte am ganzen Leib zitterte. Nass wie ich war, warf ich mich auf mein Bett, zog mir die Decke bis zum Kopf und schlief nahezu augenblicklich ein. Es war erst eine Stunde vor dem Abendessen, als mich Britt sachte weckte, mich kopfschüttelnd ansah. „Komm Syl, es wird eine Weile dauern, bis du wieder unter Menschen gehen kannst", sagte sie nur. Ich folgte ihr ins Bad. Eine Hand auf dem Medaillon. Nur diesen Urlaub noch, sagte ich zu mir selbst, immer wieder, wie ein Mantra.

Das Fest

Die Tage meines Besuches näherten sich ihrem Ende, als mich Annika eines Morgens zu einer Fahrt mit der Kutsche lud. Es war ein kühler sonniger Morgen Anfang April, wir hatten eine dicke Decke über unsere Knie gelegt und genossen schweigend die Fahrt durch die sanfte grüne Graslandschaft bis zur Küste. Das Watt war noch sehr nass von der sich zurückziehenden Flut, die Hufe der Pferde machten tiefe Spuren in den feuchten Sand, die großen Räder des Wagens knirschten leicht. Die frische Seebrise wehte uns beiden durch das offene Haar. Schließlich hielt der Wagen auf einer sandigen Kuppe mit einem großartigen Blick über das Meer, die gleißende Sonne zauberte flüchtige Lichtreflexe auf die weißen Schaumkrönchen, die der leichte Wind den hereinbrandenden Wellen aufsetzte.

Annika begann zu sprechen. Zögernd erst, doch dann, als ich auch ein wenig Feuer gefangen hatte, sprudelte sie regelrecht heraus, was sie sich für mein Abschiedsfest ausgedacht hatte. Und das machte mir schon beim Zuhören die Ohren heiß, ich musste mich sehr beherrschen, meine Hände locker in meinem Schoß liegen zu lassen und mir die Sache äußerlich ruhig zu Ende anzuhören. Sie berührte schließlich sachte meine Hand: „Syl – meine Frage ist nun: möchtest du da mitmachen?" Ich musste heftig schlucken. Was sie mir da erzählt hatte, überstieg alles, was ich mir in meinen nächtlichen Phantasien jemals ausgedacht hatte. Doch auch die Angst meldete sich zu Wort, die Vorsicht, die Hemmungen. Mein Körper sagte ebenso heftig ja, wie mein Verstand rebellierte. Instinktiv griff ich nach dem Medaillon an meinem Hals, klammerte mich mit einer Hand daran fest.

Sie schlug die Decke zurück und stieg elegant vom Wagen. Kam an meine Seite, reichte mir ihre Hand. Ich fröstelte, ich war in einem dieser mädchenhaften leichten Ensembles gekleidet, in denen sie mich so gerne sah. Leichter weiter Rock, flache Pumps, eine helle Bluse. Eine leichte taillierte Jacke. „Komm, gehen wir ein Stück." Sie nahm meine Hand und führte mich einen schmalen trockenen Pfad ein Stück landeinwärts. Der Wind war hier schwächer, die Sonne wärmer auf der Haut. „Vertrauen." Dieser Gedanke ging mir durch den Kopf. In diesem Augenblick war ich ihr nah wie nie zuvor. Ich blieb stehen, hielt ihre Hand fest, versuchte nicht mehr das Zittern zu unterdrücken. „Herrin", sagte ich leise, fast tonlos. „Ich folge dir, wohin du mich auch führst." – Ihre Augen waren warm, sie drehte mich zu sich, nahm beide Hände in die ihren. „Es ist deine eigene Leidenschaft, die dich führt, Syl. Ich bin nur ein Spiegel, der sie dir zeigt." – „Du hast dich also entschieden?" Sie lächelte ihr unergründliches Lächeln. Sie hielt mich nur mit Mühe davon ab, vor ihr auf die Knie zu fallen – „Mädchen, in deinem Alter solltest du schon wissen, dass man sich nicht im schönsten Gewand in den Staub kniet", und wir beendeten schweigend die kleine Runde. Am Wagen angelangt, wechselte sie abrupt das Thema, plauderte leichthin über das Wetter und die Pferdezucht. Als wir zurückkamen, hatte Britt schon auf der sonnenbeschienenen Terrasse Kaffee gedeckt. Meine Gedanken waren wieder leicht, ich genoss einfach den schönen Sommermorgen mit dieser starken, geheimnisvollen, selbstbewussten Frau.

Spät am Abend – Britt saß gerade neben mir, bürstete mein Haar für die Nacht – fasste ich mir ein Herz. „Britt, ich möchte dir danken für das schöne Erlebnis, das du mir geschenkt hast", begann ich das Gespräch etwas unbeholfen. Sie ließ die Bürste fallen, so überrascht schien sie von meinen Worten. Ihr erster Impuls schien zu sein, davonzulaufen, doch ich hielt ihre Hand fest und sagte fast flehentlich: „Britt, bitte bleib." Wir sprachen lange, behutsam, Schicht für Schicht kamen wir zum Kern. Sie entschuldigte sich bei mir dafür, dass sie bei Marks und Annikas kleinem Spiel mitgemacht und mich aufs Glatteis geführt hatte. Ich lachte – „ist es wirklich das, was dir zu schaffen macht?" Sie schüttelte den Kopf. Es war das gewesen, was dabei passiert war – ich hatte sie ein wenig gefesselt und mit ihrem Vibrator fast um den Verstand gebracht – was sie so verunsichert hatte. Es war das erste Mal für sie gewesen, dass sie mit einer Frau zusammen war, und es hatte sie ziemlich umgeworfen, wie sehr ihr das gefallen hatte. Ich merkte, wie die Anspannung aus ihrem fragilen Körper wich, als sie es übers Herz gebracht hatte, darüber zu reden.

Sie griff mechanisch nach der Bürste, um ihre Arbeit an meinem Haar zu beenden. Als sie fertig war, machte sie einen artigen Knicks wie immer und schickte sich an zu gehen. „Britt", sagte ich ganz leise. Ihre großen Augen wandten sich mir zu. „Du solltest heute Nacht nicht allein sein." Mit diesen Worten rückte ich in dem bequemen großen Bett ein wenig zur Seite, bot ihr wortlos einen Platz bei mir an. Sie hatte nur noch die Kraft, ihre Bluse und ihren Rock abzustreifen, dann kuschelte sie sich zu mir wie ein kleines Kind und war Minuten später eingeschlafen. Ich wachte noch lange, lauschte ihrem Atem, spürte ihrem Herzschlag nach, bevor auch ich in die Welt der Träume hinüberglitt.

Die Sonne schien schon hell beim Fenster herein, als Annikas Hand mich kräftig an der Schulter rüttelte. „Ah da hast du dich verkrochen, das hätte ich mir auch denken können" – mit diesen Worten rüttelte sie Britt aus den Federn. Mit schreckgeweiteten Augen schaute die Annika an, die ihr nur ein spöttisches Grinsen schenkte. „Ab jetzt in die Küche, Mädchen, bevor die Köchin dich vermisst." Wie der geölte Blitz war Britt in ihrer Uniform, fuhr sich mit den Fingern durch das ungeordnete Haar und hastete aus dem Zimmer. „… und fall nicht", kicherte Annika ihr nach. Mir warf sie ein paar Jeans und ein T-Shirt auf die Decke. „Und du" – sie versuchte ernst dreinzuschauen, was ihr aber nicht ganz gelang – „du wirst mir bei den Vorbereitungen helfen, damit du nicht den ganzen Tag hier rumhängst und grübelst." Da hörte ich meine Martina sprechen, das war es, was ich jetzt gebraucht hatte. „Yes Maam", gab ich augenzwinkernd zurück, ein paar Minuten später war ich fertig. „Wo fangen wir an?"

Wir schufteten den ganzen Vormittag, verschoben Möbel und Tische, arrangierten Matten und Kissen, sichteten Geschirr und Gläser, Annika scheuchte den Partyservice und die Techniker hin und her, die an einer überdimensionalen Beleuchtungsanlage an der Decke herumschraubten, ließ nicht locker, bis alles perfekt nach ihren Vorstellungen arrangiert war. Um zwei Uhr Nachmittag saßen wir endlich in der Küche bei einem Salat und Limonade. Annikas Augen leuchteten zufrieden. „So, du gehst dich jetzt noch ein wenig ausruhen, es wird eine lange Nacht für dich", kommandierte sie. „Britt wird dich um halb sechs wecken kommen, und dass es mir dann kein Getrödel gibt." Ich errötete und zog schnell aus der Küche ab. Irgendwie gelang es mir, trotz des immer größer werdenden Kloßes im Magen einzuschlafen, ich konzentrierte mich einfach auf dieses eine Wort: „Vertrauen". Mit einer Hand fest um das Medaillon gepresst schlief ich glückselig ein.

Britt berührte mich sachte an der Schulter, um mich zu wecken. Ich schlug die Augen auf, lächelte sie an. In ihrem Ausdruck war etwas verändert, als ich mir den Schlaf aus den Augen gerieben hatte, wusste ich auch, was. Entschlossenheit. Sie stand stumm da, hielt eine einzelne weiße Rose in der Hand, besprengt mit frischen Wassertropfen wie Morgentau. Sie war schön, unglaublich schön, wie sie so dastand, so jung und zerbrechlich und doch so unglaublich reif und fraulich. Ich nahm die Rose aus ihrer Hand, roch an ihr, dann nahm ich mit großer Sorgfalt die Vase, die auf dem kleinen Tisch meines Zimmers stand, füllte sie mit Wasser und stellte die Rose mitten auf meinen Tisch. „Geh deinen eigenen Weg, Britt, aber blicke ohne Groll zurück. Es ist ein Teil von dir, bewahre ihn in deinem Herzen." Mit diesen Worten schloss ich sie ein letztes Mal in die Arme. Sie nickte, brauchte noch einen Augenblick, um sich zu fassen, dann sagte sie: „Komm, wir haben noch viel zu tun, wir sollten uns beeilen."

Eine Stunde später war ich frisch rasiert, mein Haar kunstvoll zu einem Knoten aufgesteckt, mein Gesicht fast puppenhaft geschminkt. Das Kleid, das sie mir zuletzt über meinen Körper zog, verhüllte nichts. Meine erste Aufgabe an diesem Abend würde es sein, Gastgeberin an einem der Tische zu sein. Ungewöhnlich für ein Mädchen von dem Rang, den mein Medaillon ausdrückte, aber sie wäre sicher, ich würde meine Sache gut machen. Meine Aufgabe wäre es, für das Wohlbefinden der Gäste während des Mahles zu sorgen. Ich blickte mich ein letztes Mal in den Spiegel. Ja, ich konnte mich sehen lassen, es gab nichts, was verborgen war, doch es gab auch nichts, wessen man sich hätte schämen müssen. Britt führte mich also zu einem Seiteneingang der großen Halle, ich sollte warten, bis die Gäste an meinem Tisch sich auf den Kissen niedergelassen hatten, und sie erst dann begrüßen. Im Geiste ging ich noch einmal die Namen durch, die Bilder, die mir Annika gezeigt hatte. Nun, das würde schon klappen …

Ich holte noch einmal tief Luft und betrat die große Halle. Alle Augen schienen auf mich gerichtet, als ich aufrecht und frei an den Tischen vorbei schritt. Mein Verstand hatte bereits vollkommen ausgeblendet, dass ich fast nackt war, nur das Adrenalin, das in meinem Kreislauf rauschte, versetzte mich in einen übertrieben wachen, alerten Zustand. Ich schritt also auf meinen Tisch zu, kniete mich an der der Bühne zugewandten Seite des Tisches nieder und verneigte mich der Reihe nach vor meinen Gästen, begrüßte sie mit Namen. „Ich bin Sylvia, nennt mich bitte Syl. Ich bin eure Hostess für den heutigen Abend, ich möchte persönlich dafür sorgen, dass es euch gut geht." Annika hatte mir eingeschärft, alle mit du anzureden, das sei in ihrem Hause eine eingeführte Regel. Ein älterer Herr, der ranghöchste unter den Gästen meines Tisches, erwiderte förmlich meinen Gruß: „Es ist uns eine Ehre und Freude, heute von einem Mädchen derartiger Anmut und Schönheit bedient zu werden. Deine Herrin ehrt uns damit." Ich lief ein wenig rot an, lächelte zurück. „Darf ich euch Wein einschenken?", fragte ich in die Runde. Ich erhob mich auf die Knie, nahm die Karaffe und füllte die Gläser. Zuletzt mein eigenes. Ich erhob den Kelch mit beiden Händen, lächelte in die Runde und sprach: „Trinken wir auf einen gelungenen Abend." – „Auf einen gelungenen Abend", tönte es im Chor, und wir leerten unser erstes Glas Wein gemeinsam.

Ich kam gar nicht dazu nervös zu sein, zu sehr nahm mich die Aufgabe in Anspruch, für gefüllte Gläser zu sorgen, die Konversation am Tisch am Laufen zu halten. Ich hatte auch keine Augen für das bunte und aufwändige Showprogramm, das während des Essens auf der Bühne ablief, um die Gäste auf das Motto des Abends einzustimmen: Venezianische Maske. Das Dinner war schließlich zu Ende gegangen, die Gäste hatten jetzt Gelegenheit, sich für den zweiten Teil des Abends umzuziehen. Ich stand abseits im Rahmen des Seiteneinganges und beobachtete, wie leicht gekleidete, aber äußerst phantasievoll maskierte Gestalten den Saal wieder betraten. Die Tische waren neu arrangiert worden, der Boden des Saales war eine einzige Spielwiese, ausgelegt mit Matten und zahllosen Kissen und Decken. Britt berührte mich am Arm – Zeit für die letzten Vorbereitungen. Der goldene Keuschheitsgürtel war rasch um meine Hüften geschlungen und mit dem kleinen Schloss gesichert, er sollte ja eine der Hauptattraktionen des heutigen Abends werden. Britt arrangierte mein Haar um, sodass es weich über meine Schultern fiel, aber doch straff nach hinten gehalten wurde. Ich stieg in eine schwarze weite Hose, ein schwarzes Jackett bedeckte knapp meine Brüste, Pumps, ein Spazierstock und eine schwarze Melone komplettierten mein Styling.

Eine Stimme aus dem Off kündigte mich an, ein letzter tiefer Atemzug und – raus auf die Bühne. Ich musste improvisieren, ich würde es schaffen. Ein kurzer Auftrittsapplaus, dann war ich allein mit dem harten, eingängigen Rhythmus der Musik. Ich begann mich zu bewegen, schlangengleich, in den Knien, im Becken, ließ mich vom Takt der Musik inspirieren. Der Stock war ein nützliches Instrument zum Andeuten lasziver Gesten, ich suchte den Blickkontakt zum Publikum, bald hatte ich die Aufmerksamkeit ungeteilt auf mir. Ein gutes Zeichen – weiter so. Ich war die einzige im Raum, die ihr Gesicht zeigte, keine Maske trug. Adrenalin. Mein Atem ging schneller, mein Herz raste.

Weiter: Den Hut abnehmen, die dunkelblonden Haare aufschütteln, den Hut lässig in die Menge werfen. Ein Raunen, vereinzelt Applaus. Gut, weiter. Eine Hand an die Knopfleiste des Jacketts, ein paar Takte zuwarten. Einen Zuseher mit dem Blick fixieren, egal wen. Langsam – langsam – den Knopf öffnen. Das Jackett fällt auseinander, die Brüste sind jetzt zu sehen. Eine Hand auf den Oberschenkel, Becken langsam kreisen, Blickkontakt wechseln. Der Atem geht rasch. Es ist wie fliegen, ein Rausch. Ein paar ruckartige Bewegungen des Oberkörpers. Das Jackett fällt. Das Raunen des Publikums schwillt an. Jackett an einem Ärmel festhalten, elegant hochnehmen, ein Lächeln dem Herrn in der ersten Reihe, und – schwupp, weg damit. Der Applaus wird stärker, Gespräche und Gemurmel ebben ab. Die Stimme aus dem Off kommentiert, heizt die Stimmung zusätzlich auf. Ich höre sie nicht. Weiter. Stehen bleiben, die Brüste von außen leicht zusammendrücken. Becken wieder nach vorne. Brüste loslassen, Hände langsam am Körper hinab. Im Bund der Hose einhaken. Blickkontakt zu irgendwem. Die Musik wird langsamer, lasziver. Am Bund der Hose spielen, leicht hinunter schieben, noch nicht mehr.

Adrenalin. Eine Eingebung, die paar Schritte von der Bühne hinunter, zu einem Herrn in der ersten Reihe, auf seinen Schoß setzen. Spontaner Applaus, na bitte. Arm um seinen Nacken, ein flüchtiger Kuss. Nicht zu viel, wieder auf. Intuition. Einen auswählen, nah zu ihm. Der

Atem fliegt. Arme nach unten ausstrecken, die Hände greifen nach seinen. Klappt es? Es klappt, er reicht mir die Hände. Langsam zu mir ziehen, seine Hände an meine Hüften. „Zieh sie runter" zische ich. Er ist perplex, doch nicht lange. Er fasst mir beherzt an die Hüften, zieht mir langsam die Hose über die Beine hinunter. Aus den Pumps steigen, leichtfüßig. Hinunter beugen, einen flüchtigen Kuss. Der Applaus ist enthusiastisch. Eine Kusshand zum Publikum, wieder auf die Bühne. Die Stimme aus dem Off redet und redet. Hände in den Nacken, langsam drehen. Langsam, Mädchen. Verpatz es nicht ...

Das Licht wechselt. Der Raum dunkel, ein harter Scheinwerfer auf mir. Musik langsam, lasziv. Durch die Reihen gehen, berühren, berührt werden. Hände an den Beinen, an den Hüften. Mehr Tuchfühlung. Einer Dame auf den Schoß, leicht, ein Bein nach vorne ausstrecken, Oberkörper nach hinten gelegt. Hände auf mir, viele Hände. Applaus, Adrenalin. Langsam wieder aufrichten, weiter durchs Publikum, Berühren, berührt werden. Kräftige Hände packen mich, heben mich, reichen mich weiter durch die Menge. Applaus, Gejohle, Pfiffe. Körper steif halten. Spannung. Lande weich auf der Matte. Weiter, langsam im Bogen wieder zurück zur Bühne. Wo sind die, die mitmachen werden? Leichtfüßig an der ersten Reihe vorbei, den ersten der jungen Männer an der Schulter berühren, die Hand reichen, ihn aufziehen, an einer Hand mitschleifen. Den zweiten, dritten, vierten, fünften.

Wieder auf die Bühne, die Männer folgen. Auf die Knie, Beine weit gespreizt. Profil. Die Männer im Halbkreis. Hände ausstrecken, sie berühren. Direkt auf die Schwänze, keine Umschweife. Durch die schwarzen

Slips reiben, bis sie reagieren. Einen nah herziehen. Hände auf den Bauch, langsam hinunter streicheln, im Slip einhaken. Nach unten damit. Eine Hand an seinen Schaft, an meiner Wange reiben. Die Musik ist langsam, lasziv. Den Mann kurz wichsen, dann demonstrativ wegstoßen, den nächsten ranholen. Die anderen entledigen sich derweil ihrer Slips. Fünf Schwänze im Halbkreis. Zwei mit den Händen packen, langsam wichsen. Alle Augen auf mir. Den dritten langsam mit dem Mund suchen, Eichel mit den Lippen einfangen, einsaugen. Für dich, Annika. Ich hoffe du siehst zu. Wichsen, saugen, reiben. Schneller, intensiver, die Musik treibt voran. Die Erregung der Männer spüren, Geruch, Geschmack ... der Verstand setzt aus, Sperma. Fünf Ejakulationen. Salziger Geschmack, mein Gesicht klebt, zäher Saft läuft über die Wangen, übers Kinn, silbrige Fäden. Nicht hingreifen. Aufstehen. Frontal zum Publikum. Frenetischer Jubel. Annika ist plötzlich an meiner Seite, nimmt meinen Arm mit ihrem hoch, „... Spielwiese ist damit eröffnet", verstehe ich ...

Ich fand mich wieder im Nebenraum, Britt reichte mir einen feuchten Lappen. Ich reinigte mich grob, meine Knie zitterten. Annika war bei mir – „Großartige Leistung Mädchen", sie küsste mich, ich nahm es noch immer wie durch einen Nebel wahr. Annika verschwand wieder, ganz Gastgeberin. Britt führte mich zu einer Sitzecke, nahm mir den Keuschheitsgürtel ab, legte mir einen Morgenmantel über die Schultern, zündete wortlos eine Zigarette an, gab sie mir. Ich nahm einen tiefen Zug, genoss die sedierende Wirkung, die mich augenblicklich in einen ruhigen, glückseligen Zustand versetzte.

Auch Britt war gegangen, ich rauchte genussvoll und langsam fertig. Da, plötzlich seine Präsenz, ich spürte ihn ganz deutlich hinter mir. Drehte mich nicht um, wartete auf die Berührung. Sachte, doch männlich fordernd. Seine Hände glitten von hinten über meine Brust hinunter, ich legte meine auf die seinen. Empathie. Wir wussten beide, was jetzt kommen würde. Dennoch lehnte ich mich zurück, blickte zu ihm hoch, flüsterte: „Fick mich. Jetzt."

Ein Funken des Übermutes blitzte in seinen Augen auf. Wir suchten uns zwei Masken, legten unsere Kleider ab, mischten uns unter die Menge in der großen Halle. Es wurde bereits geleckt, gefickt und geblasen, anders konnte man das nicht nennen, was wir auf der Matte zu sehen bekamen. Zweier- und Dreiergrüppchen, vereinzelt auch mehr, nackte schwitzende Leiber. Wir sahen zu, wurden ein paar Mal angesprochen, eingeladen mitzumachen, doch wir lehnten ab. Dies würde nur zwischen uns beiden sein, wir wollten allein sein, Abschied nehmen. Er führte mich in ein kleines plüschiges Schlafzimmer, wir nahmen die Masken ab, ich legte ihn zärtlich auf seinen Rücken und setzte mich auf ihn. Sachte, voll Zärtlichkeit und Liebe und voll Trauer über den Abschied, ein zeit- und raumloses Schweben ...

Es war halber Vormittag, als ich in mein Zimmer schlich. Ich duschte fast eine Stunde lang, bis ich mich wieder rein und frei fühlte. Ließ das Haar achtlos offen, fand schon die Kleider frisch gewaschen und gebügelt bereitgelegt, mit denen ich angekommen war. 14 Tage? Waren das nur 14 Tage gewesen? War ich noch dieselbe, noch Sylvia, noch die Syl, die im Nachtzug gezittert hatte?

Der Abschied von den beiden war herzlich. Als ich schließlich in die Limousine stieg, hatte ich das Gefühl, es war kein endgültiger Abschied, obwohl ein Wiedersehen mit keinem Wort erwähnt wurde. Am Bahnsteig reichte mir der Chauffeur die Fahrkarte, verbeugte sich steif und verließ mich.

Es war ein paar Minuten vor Abfahrt, als ein Mofa vor dem Bahnhof hielt und eine schlanke grazile Gestalt auf mich zugelaufen kam. „Ich wollte mich noch von dir verabschieden, doch du warst plötzlich weg." Annika hatte das so arrangiert, da war ich sicher. Ich ging rasch zum Blumenstand und überreichte ihr noch eine weiße Rose. „Danke für alles, Britt." Doch sie knickste nur mehr und war schon wieder weg, als der Zug einfuhr.

Zurück in der Heimat. Montagmorgen. Es war erst vor kurzem gewesen, dass Martina nach Hause gefahren war, zu viel hatte es zu erzählen gegeben. Ich machte mich schweren Herzens wieder für meinen Job zurecht, suchte gerade nach meinem Schminkzeug, um die ärgsten Spuren der Übernächtigkeit zu überdecken. Die angebrochene Tablettenpackung, die ich stattdessen fand, achtlos auf der Ablage unter dem Spiegel, ließ mir das Blut in den Adern gefrieren. Wie konnte es sein, dass ich 14 Tage keinen Augenblick daran gedacht hatte? – Weitere 14 Tage später hatte ich Gewissheit. Noch am selben Abend setzte ich mich hin und schrieb den beiden einen langen Brief.

Epilog

Sylvia stand am Fenster ihres Schlafzimmers und blickte hinunter auf den Hof, wo zwei junge Frauen gerade einen kleinen Sportwagen bestiegen. Flachsblond die eine, ihr Schritt energisch, sportlich-eleganter Blazer zu Jeans und einem zartrosa Top, mädchenhaft in Bewegungen und Styling die andere, ein weiter Rock, Bluse und eine weiße kurze Jacke, ihr dunkelblondes, leicht gewelltes Haar von einem Reifen gehalten. Die beiden waren fast gleich alt, nur ein paar Tage trennten sie voneinander. Pat die eine, Annikas Tochter, Marion die andere, Sylvias Kind. Annika stand neben ihr, griff ihre Hand.

„Die beiden werden wohl nicht vor morgen Mittag zurück sein", sagte sie leise zu Sylvia. „Es ist schwer zuzusehen, wenn man die eigenen Torheiten noch lebhaft in Erinnerung hat", gab diese zurück. „Und doch, sie müssen ihren Weg gehen." – „Schade nur, dass sie es nicht mehr so unbeschwert tun können, wer weiß, ob wir einander in der heutigen Zeit noch begegnet wären." Annika lachte, als sie überlegte, wie wohl Kondome zu den wilden Parties vor 20 Jahren gepasst hätten. Sylvia drückte fest ihre Hand, es war nicht schwer, Annikas Gedanken zu folgen.

Sylvias Tagebuch lag noch offen auf dem Tisch, ihre Lesebrille darauf, sie hatte es am Nachmittag beim Aufräumen gefunden und bis gerade eben nicht mehr aufgehört zu lesen.

Mark und Annika hatten Sylvia damals sofort zu sich geholt. Die beiden Mädchen waren gemeinsam auf dem großen Gut aufgewachsen, beide sprachen perfekt Deutsch, Holländisch und noch einige andere Sprachen.

Gerade hatten sie gemeinsam die Pubertät durchgemacht und waren nun mit Riesenschritten ins Erwachsenwerden unterwegs.

Mark lebte nicht mehr auf dem Gutshof. Er hatte sich einige Jahre nach der Geburt seiner Töchter entschlossen wegzuziehen, die ständige Präsenz der beiden Frauen, die ihn liebten, war ihm wohl zu viel geworden. Er nahm seine Vaterrolle sehr ernst und unternahm viel mit den Mädchen. Für Sylvia war er die Liebe ihres Lebens, sie hatten immer noch eine erfüllte sexuelle Beziehung zueinander. Annika war mit der Zeit ohne Groll gewichen, sie waren aber Geschäftspartner geblieben, Annika lebte in ihrem Freundeskreis die freie Liebe, wie sie es immer schon getan hatte, und hatte keinen festen Partner mehr.

Ebenso wie Sylvias Freundin Martina. Annika und sie verstanden sich auf Anhieb perfekt, und wenn Martina ihren Sommerurlaub auf dem Gutshof verbrachte, genoss und bereicherte sie die ausschweifenden Feste, die Annika nach wie vor so blendend zu veranstalten wusste.

Britt war nicht mehr lange auf dem Gutshof geblieben. Sie hatte sich mit ihrer Anstellung ihr Studium finanziert und war nach ihrem glanzvollen Abschluss in die kleine Wohnung gezogen, die Annika ihr geschenkt hatte. Heute hatte sie einen Mann und drei halbwüchsige Kinder und lebte monogam. Mit den Bewohnern des Hofes verband sie eine warme Freundschaft, ihre Kinder waren oft zu Besuch, vor allem bei den Pferden, die Annika immer noch hielt.

Und das Verhältnis zwischen Sylvia und Annika? Darüber wissen nur die wenigsten zu berichten, jedenfalls haben die beiden aneinander angrenzende Schlafzimmer, die durch ein gemeinsames Bad verbunden sind. Und manche Laden und Kästen in Annikas Zimmer sind gut versperrt ...